侬城逸事

李约热 著

图书在版编目（CIP）数据

依城逸事 / 李约热著 . -- 北京 : 中国文联出版社，2019. 3

ISBN 978-7-5190-4177-9

Ⅰ . ①依… Ⅱ . ①李… Ⅲ . ①长篇小说－中国－当代
Ⅳ . ① I247.5

中国版本图书馆 CIP 数据核字（2019）第 042954 号

资助项目

依城逸事

作　　者：李约热

出 版 人：朱　庆
终 审 人：奚耀华　　复 审 人：胡　笋
责任编辑：蒋爱民　　责任校对：蔡振英
封面设计：大德文化传媒　　责任印刷：陈　晨

出版发行：中国文联出版社
地　　址：北京市朝阳区农展馆南里 10 号，100125
电　　话：010-85923066（咨询）85923000（编务）85923020（邮购）
传　　真：010-85923000（总编室），010-85923020（发行部）
网　　址：http://www.clapnet.cn　http://www.claplus.cn
E - mail：clap@clapnet.cn　jiangam@clapnet.com

印　　刷：天津画中画印刷有限公司
装　　订：天津画中画印刷有限公司
法律顾问：北京市德鸿律师事务所王振勇律师
本书如有破损、缺页、装订错误，请与本社联系调换

开　　本：787 × 1092　　1/16
字　　数：158 千字　　印 张：12.5
版　　次：2019 年 3 月第 1 版　　印 次：2019 年 3 月第 1 次印刷
书　　号：ISBN 978-7-5190-4177-9
定　　价：36.00 元

新文学百年书香经典编委会

（按姓氏笔画排序）

目 录

一

通常，在戏里，一个再怎么潦倒的男人，最后总是能起死回生——很多时候，总是有女人为他献身，将他拯救，来显示天地间的情和义。

通常，在戏里，一个再怎么潦倒的男人，最后总是能起死回生——很多时候，总是有女人为他献身，将他拯救，来显示天地间的情和义。

有一次，我跟张丁说起这类故事，张丁摇头，他说，兄弟，那种事就跟买彩票中奖一样，这样的好事，不会落在你我头上。

张丁是市人民医院的医生，离过两次婚，正在追武警医院的护士小秋。在女人拯救男人这件事情上面，他显然没有发言权，因为两次婚姻，他都扮演了混蛋的角色，是妇联家暴黑名单上又黑又亮的主儿。

我说，你当然不信，你不欺负人就好了，还想着有人来拯救你。说这话没多久，他就被人赶出家门。被赶出家门的，还有他爸爸、弟弟，他们住在一起，三人都是光棍汉。

张丁第一个电话就打给我，兄弟，我家出大事了。

当时，我正遇上麻烦的事情，我女友顾静的丈夫，失踪多年的王大川突然出现，我和顾静平静的生活被打破，我和她接下来该怎么办？这棘手的局面应该怎么处理？我和顾静正为这事头疼。

我心思不在张丁那边，我不耐烦地问，什么事啊张丁？

张丁说，我妹偷偷拿我们家的房产证压给高利贷公司，跟高利贷公司借钱，替男朋友还债，钱逾期还不了，几个打手住进我们家。

哎呀张丁，女人拯救男人的好事没落到你头上，落到你妹夫头上了。我说。

张丁说，我妹拿我们去堵枪眼，我妹夫是得救了，我们可惨了，这回没有家了。

别担心，给他们做点好吃的，住几天他们会走的，不要怕他们，要占你们家房子，不是那么容易，得先到法院起诉。我说。我把他家住进几个打手当成他们家突然来了几个争财产的亲戚。

张丁说你是真傻还是假傻啊，你知道我现在在哪里给你打电话吗？

我说在哪里？

我们家小区门口，我们被赶出来了。

还有没有人管了，那赶紧报警啊。

不能报，越报越麻烦，你是真不懂还是假不懂啊。

对于高利贷公司的经营方法，我真的不大了解，没想到他们这么厉害，太强大也太无耻了。

那怎么办？我说

我爸爸住酒店，我弟弟去他朋友家，我去你那儿。他说。

我说来吧。

张丁提着一个大大的皮箱，来到我的家中，一副落魄样。要知道，张丁是我朋友圈里脾气最坏的一个，这个家暴分子，他打女人的劣迹闻名整个侬城，看到他这副模样，我有点瞧不起他。他大概看出我的心思，屁股刚落在沙发上，就跟我讲述几个打手怎么进到他家的情形：

五个人，每人一把充气钉锤。他们一进门就把欠条拍在桌上，五十万还是六十万，我不记得了，我只记得欠条上写着我妹的名字。这个贱货。

张丁把他妹妹叫作贱货。

五个人，当着我们的面选房间，谁睡主卧谁睡客房谁睡大厅。他们说报警也可以，警察没来之前，这房子就该重新装修了。张丁说。

我觉得问题有点严重，三个大男人，被赶出自己的家，还不能吭声。强拆房子的事不新鲜，借钱不还被人砍手砍脚的事情也不新鲜，几个打手住进家里过日子，主人被赶出门外，我还是第一次见识。

要不先想办法把钱还了，你们家那房子不止五六十万。我说。

我们不是没有这个钱，我妹妹的生活一塌糊涂，是个无底洞，哪里填得完。这事还得她自己去想办法。这一回，我们宁可风餐露宿，也不能再帮她。他妈的这几年，我们的脸都被我妹妹丢尽了。张丁说。

张丁妹妹的事情我早有耳闻，她死心塌地地跟着一个叫“阿德”的人，最小的生意是卖菜，最大的生意是租钩机搞建筑，不管是卖菜的本金还是租钩机的大部分租金，都由她的爸爸和哥哥提供。现在终于出事了。

那你爸怎么办？你可以长期到我酒吧里住，你爸不能老住宾馆吧。我说。

我爸还巴不得长期住宾馆呢。张丁说。

叔叔怎么回事？我问。

他跟一个唱山歌的女人好了半年了，我和我弟弟一直对他严防死守，怕他突然哪一天就把那女的带回家中。这下他自由了，省得出去开房偷偷摸摸，打手占我们家房子，最高兴的就是他。张丁说

张丁把话说狠了。张丁的爸爸我只见过一面，一个农业专家，专门研究木薯怎么丰产，一辈子就喜欢听《刘三姐》，他喜欢一个大嗓门唱山歌的女人，也没什么不好。张丁兄弟俩为什么要严防死守，我估计兄弟俩是怕多一个人来分财产吧，现在不都这样吗，或者是怕老爷子被这个女的给骗了。

张丁家整个一个风波亭啊。

我心里虽然这么想，但谁又比谁好多少？

我现在都不好怎么跟张丁说我的事。没准我的事比他家的事内容更丰富、结局更糟糕。

我强压心事，对他说，那你打算怎么办？我的酒吧随便你住，住多久都行。

本来也可以去小秋那儿，但我是被赶出来的，也不好意思跟她说。张丁咧开嘴笑，一副怕被人笑话的无赖劲儿。

二

张丹睡衣上的图案全是大大小小的骰子，她急匆匆地走，猛地一看，无数的骰子从远山路上摇过，非常醒目。

张丁来到我家的时候，他的妹妹张丹穿着睡衣趿着拖鞋，在远山路弯曲油亮的石板路上，急匆匆地走。这一片是老城区，沿街的房子门面狭窄，无一例外全都被拿来做吃的生意。门面里边坐满吃客，门面外头，则是小贩们的天下，穿的用的玩的，一直铺到小巷的尽头。这里嘈杂、拥挤、热气腾腾。张丹睡衣上的图案全是大大小小的骰子，她急匆匆地走，猛地一看，无数的骰子从远山路上摇过，非常醒目。张丹像是突然被人叫醒来不及更衣就要去赴一场等了很久的约会。也像是逃命。

不远处，那红得要滴血的十字，屹立在远山路尽头的高楼之上，瑞安医院，老城区最高的建筑，离张丹越来越近。

张丹上到二十楼，心脑血管住院病房，她辨别病房门口的号码，找到2016，推门进去。靠里的那一张病床，一个老人躺在床上，正在输液、输氧。老人睡着了。他旁边一个三十出头的年轻人坐在凳子上，头抵着墙，嘴巴半张，也睡着了，他睡相很惨，像是刚挨揍。张丹走过去推他，阿德，他都没有醒过来。

张丹用力摇这个叫阿德的年轻人，凳子一滑，年轻人坐在地上，把张丹惹出一声惊叫。在隔壁床的病人和家属不满的眼神里，他懒懒地从地上站起来。

累死我了。他说。他看到张丹两手空空，又说，我以为你给我送吃的来了。

就知道吃，我家都着火了你知道吗。张丹坏心情憋了一路，说话时眼泪就流下来了。隔壁床的病人和家属等着这对男女在病房里演戏，几双眼睛盯着他俩。阿德只好把张丹牵到病房的阳台边。

张丹哭着说了十几分钟，最后，张丹说，阿德，我现在真想从这跳下去。

阿德说张丹别说废话，我、我、我想办法。

想办法想办法，都拖那么久了还筹不到钱，我爸爸被人赶出家门，你窝在这里照顾别人的爸爸。张丹还在哭。

病床上躺的是郑小茅的爸爸，郑小茅是阿德从小到大的朋友，郑小茅现在在非洲淘金，他委托阿德照看他的父亲。本来阿德也要去非洲，郑小茅对他说，你不要去，你在家帮我管我爸爸，我挣到钱，一半归你，我说话算话。郑小茅的姐姐郑小草跟他老公在非洲开金矿，郑小茅是投奔他们去的，他去非洲，发财的机会很大。阿德答应了，他没坚持去非洲是因为舍不得离开张丹，再加上郑小茅的爸爸生龙活虎，饭能吃两碗，酒能喝半斤，不怎么需要照顾。没想到，一年不到，郑小茅的爸爸就中风了。

阿德拿出手机，打电话给远在非洲的郑小茅。一般有事他们都是用短信联系，打电话接电话太贵。

小茅，我、我、我需要钱。

小茅在那边说，多少啊?

阿德说六十万。

小茅说阿德我才来多久啊，还不到一年，六十万现在拿不出。

阿德说你想想办法，先找六十万给我，我帮你照顾你爸爸。我说话算话。

小茅在那边不说话，似乎在用沉默告诉阿德：照顾一个老人需要那么多的钱吗。

阿德说，小茅，你听到我说话吗?

小茅说，你出什么事了，需要那么多钱?

一下子说不清楚，以后再跟你细说。你不是说一年不到就挣了好多钱了吗?我真的有急事啊小茅。

阿德，我没有那么多钱，我只是帮我姐夫打工，我姐怕我有钱了在非洲乱搞，每个月只给一些生活费。

小茅，我没有其他办法了，我他妈急得都想跳楼了。

小茅说，你先别着急，我跟我姐姐说。看她能不能帮你想想办法。小茅在那边也急了。

小茅，你一定要帮我这个忙啊。

我怎么跟我姐说，六十万不是小数目，她肯定会问为什么要那么多钱。

阿德看张丹。张丹猜得出小茅在那边肯定想知道他们这边到底发生了什么。她抢过电话，哗哗哗全跟小茅说了。最后她说，是我想跳楼，他才不会跳楼呢。

电话又交回阿德手里。阿德说小茅，你说你姐会帮我这个忙吗？

不会。我姐看不起我所有的朋友，说是你跟她借钱，她连我都一起骂。

那怎么办？

小茅说，那就只有骗她了。而且只能拿我爸来骗她。在我姐心里，钱第一，我爸第二。

小草跟她老公武键去非洲那么多年，一次都没回来看爸爸，虽然打电话回家跟她爸爸说话哭哭啼啼的，但是心肠硬得很。

小茅在那边说，我就说我爸肾衰竭，两只肾都要换，走后门找关系插队加塞，找到肾源了，头头尾尾，不多不少六十万。

小茅真他妈够朋友，小茅也真他妈敢想，这样的话想都不用想他张口就来，这是咒自己的爸爸呀，他就不怕天打五雷轰。

阿德一听，头皮发麻。这、这、这行吗？

小茅说，先救急再说吧，反正我爸生病住在医院里是真的，也不是骗得太狠。

小茅说，这边我负责跟我姐说，那边你也要装得像。你先没收我爸的电话，免得我姐给他打电话露马脚。如果我姐相信我，她就不会亲自给你打电话，如果她不相信我，她会打电话给你，到时你不要慌。她有可能想跟医生说话，你得找个人装成医生。

阿德说好好好，张丹可以装医生的，女医生。

小茅说阿德，我能做的就是这些了，成不成就看你的运气了。如果钱到手，以后怎么还我们再商量，如果我姐不上当，那你自己再想办法。

好吧。也只能这样了。

挂掉电话后，阿德马上进入角色，他叫张丹去了解肾衰竭都有什么症状，怎么引起的，最好的治疗手段是什么。

张丹不愿意那样干。阿德啊阿德，我跟你真是天生的一对，我坑了我爸我哥，你要骗朋友的姐姐，你还想怎么样？你还能怎么样？张丹说。

阿德说我就是死，也要把你家的房子赎回来。

除了死，你还能做什么？张丹说。

张丹刚说完，阿德就蹲在墙边哭了起来。

虽然俗话说“夫妻好比同林鸟，大难临头各自飞”，但那是古时候，古时候，环境恶劣，人性最后的那点油水得狠狠榨干才能苟延残喘。

张丹人漂亮，侬城有一句俗话：好白菜都被猪拱了。张丹就是那好白菜，阿德就是那个猪。他们为什么会在一起？也只有拿猪和白菜去解释才符合侬城人的逻辑。好白菜都被猪拱了，这样粗鄙的话你可以当着张丁的面说，张丁不会怪你，有可能他还会加上一句，我妹就是一个贱货。但是你不能当着张丹的二哥张强的面说这样的话，如果你说张丹跟阿德在一起是好白菜被猪拱了，张强有可能就跟你急。张强是《侬城晚报》的娱乐记者，他是全家唯一一个同意张丹和阿德在一起的人。为什么同意？是因为全家就他跟张丹最亲，张丹想做什么，他都觉得对。很多时候他去参加那些影星歌星的新闻发布会，看着她们在台上光彩照人的样子，他会想到自己的妹妹，妹妹跟阿德在街边卖菜呢，妹妹跟阿德在建筑工地监工呢。很多跟张丹一样年纪的人挑来挑去，都还没有男朋友，张丹好歹有一个自己喜欢的男人，这样想之后，他的心里就会很踏实。他不像爸爸和哥哥那样一提起妹妹就垂头丧气。

张强被赶出家门后，去了他朋友华海家，说起妹妹，他再也坐不住了，大口大口喝酒，红着眼睛说，华海，这回我得帮帮我妹了，她再这样下去，会死得很惨。

华海跑政法口，单身，没事就和张强混在一起。华海，怎么样才能把阿德从我妹妹身边赶走？

华海很吃惊，一直以来，他以为张强已经接受阿德这个“妹夫”，他们以前在一起聊男人女人的话题，张丹和阿德这一对，就是他们分析的“个案”。

那时候两个人刚出校门不久。一副大力水手热情拥抱生活的傻样，对未来都很乐观，在单位遇到所有的人都会露出笑脸。关于男人女人的故事，不管什么样的结局，他们都能接受，“闪婚”“私奔”“老少配”等等，他们有足够的热情包容这些胆子大的男人和女人，这些事件中的男人和女人，在跟社会这架大风车作战，他们应该得到包括华海和张强在内的更多人的支持和尊重。

华海和张强一个跑政法口，一个跑娱乐圈，自己家的报纸印出来，他们最先翻的却是社会新闻版面。有一天，他们看到这样一条消息：**大二女生辍学追随男友街边卖菜，三八节问候天下女人你还好吗？**这样的标题太吸人眼球，毕竟婚恋观念、生活观念的改变是一个社会包容度的风向标之一，两人看到自家报纸刊登这样的新闻，都感概，现在的小女生，真是敢作敢当，这个跟男友一起街边卖菜的女孩，她敢标榜自己现在是最幸福的女人，这太难得了。新闻中女孩化名小文，她的男友化名小陆。没想到小文竟是自己的妹妹张丹，小陆就是阿德。

妹妹开学后没去学校报到，跟她的高中同学阿德在城南卖菜。要说依城，这个三线城市不算太大，张强家的三个男人在城北生活工作，妹妹张丹在城东的大学里读书，如今，城东没有了张家的女儿，张家的女儿跑到城南跟男朋友卖菜去了。

父亲张农民说，有你这样的女儿，我真的太惨了。张强的爸爸心里难过，不会怎么表达，就是说这么一句，也轻描淡写的，猛一听是在说别人家的女儿，这个专门研究木薯怎样高产的老人，他心里难过，打死都不会晒出来给你看。

张丁说，你丢脸丢大了，你鬼迷心窍了，你想谈恋爱你学校里面谈啊，跟一个卖菜的谈，你为什么不跟一个卖肉的谈呢，跟卖肉的谈还有肉吃啊。

张强在家里不出声，私下里打电话给妹妹，他说，张丹，去吧，只要你喜欢，就是去捡垃圾，我也同意。

这已经是很多年前的事了。

这些年，华海在政法口里混，接触的永远都是案件、案件、案件，心里早就被形形色色的案件磨灭；而张强，光影里追香逐艳，也变得疲惫和圆滑，哥哥离婚、父亲恋爱、妹妹越过越糟糕……家里的这些变故也使他慢慢消沉，现在的依城，已经很难有什么事情让华海和张强这两个好朋友觉得欣慰和兴奋了。

盛满啤酒的杯子在两个人眼前起起落落。华海，怎么样才能把阿德从我妹妹身边赶走？张强说。

张强依然心疼自己的妹妹。

华海说，应该先解决房子被占的事情，我问问我认识的几个警官，怎么样把你家的房子要回来。

不不不，房子我一点都不操心，我是操心我妹妹。我是想借这个机会让我妹妹离开阿德。这些年来靠我们支援，她和他才过得下去。

华海说，哦，你们是把这作为一个重重的砝码，让你妹妹对阿德绝望。

是的，她的三个亲人无家可归，她会把账算在谁身上？如果因为房子的事她离开他，那我和我哥哥我爸爸，都要感谢黑社会。

你觉得她会离开他吗？华海问。

不知道啊，所以问你还有什么办法。

张强，这事不好办，首先你搞不懂你妹妹和阿德的感情到底怎样，搞不好人家正在计划怎么共渡难关呢，你盲目去拆散他们，小心你妹妹跟你翻脸，当初就你一个人支持她，一直以来你就是她的主心骨，你现在反对她和阿德在一起，她就没有依靠了，多悲凉啊。得了吧，你和我都当不了恶人，去拆散一对鸳鸯，而且，还是一对苦命鸳鸯。华海说。

人在最困难的时候靠什么，除了靠自己，还得有人帮啊。不管是小恋人还是老夫老妻，几种情况下不能分开，一种是女的正怀孕，一种是有一方患重病，还有一种就是如果摊上大事，不管男的女的，都不能扔下对方独自跑了，虽然俗话说“夫妻好比同林鸟，大难临头各自飞”，但那是古时候，古时候，环境恶劣，人性最后的那点油水得狠狠榨干才能苟延残喘。阿德虽然是个混蛋，可你妹妹不一定这样认为。他们正摊上事情，你撺掇他们分开，这就是你的不对了。你啊，还是先想办法把自己的房子要回来，至于你妹妹和阿德，他们以后怎么样，那是他们自己的事情。你现在去拆散他们，就是落井下石啊。落井下石的事，张强，我们不能那样做。华海说。

张强说，我管不了那么多了，阿德要什么没什么，我妹跟他，死路一条，只要我妹离开他，我当一回小人。华海，你帮我想办法。

华海说，只要是棒打鸳鸯，不管用什么招，都是下三滥。张强，我知道你现在什么心情，你不是想让你妹过上好日子吗，她肯定也是这么想的，说实话，就她男朋友目前这种情况，估计他们迟早也得分。俗话说贫贱夫妻百事哀，如果是封闭的小山村，两个人砍砍柴刨刨土，可能也能过一辈子，这里不一样，这里是侬城，信息量那么巨大，诱惑那么多，你说，满城黑压压的人，谁比谁好多少？谁比谁又差多少？不管是你妹妹或者是她的男朋友，肯定会碰到很多很多情况，一件事两件事三件事，两个人的感情，会在一件事两件事三件事无数件事上面消耗掉，最后咣当一声，一拍两散，这样的鸳鸯太多了，你就等着看吧。

如果真的像华海说的那样，当然就好了，但是张强知道自己的妹妹，她是个倔强的女孩，为了证明一个错误的答案，她一定要创造出一道正确的公式。

不行，我得去找她谈谈。

四

很可爱的刘三姐。她的笑声感染了张农民。张农民心里很舒服，这么多年了，他还是第一次为一个女人做一件事情。

张丁说得不对，他爸爸张农民没有去酒店开房，跟那个叫袁好的女民歌手幽会。两个儿子坐上出租车一个朝东一个朝西绝尘而去，他就慌了。他心里想，我的两个儿子，怎么就这么放心我呢？他们也不关心我一个人在外面吃得怎么样住得怎么样。虽然头顶上那个刚刚被黑社会占领的家，平时也不怎么有家的氛围，三个男人三个世界，除了过年过节聚在一起，大多数时间你进家门我出家门。这里就像一个公寓式酒店，而他们三个就像来自不同地方、各怀心事的客人。现在，真被“扫地出门”，他才发现自己离不开这两个儿子。这要怪他，在商量去哪儿住一段时间的时候，张丁和张强都坚持带上他，去住酒店。他死活不愿意，说他会安排好自己，两个儿子劝说无果，这才各奔东西。

儿子离开后，他拖着行李箱在熟悉的街道上一边走一边想，我到底去哪儿好呢？路上不停地有人跟他打招呼，老张，旅游去啊，他说是啊是啊。本来他想在附近找个便宜一点的旅馆，但是在跟熟人打招呼之后，他就不能在这附近住了，他要远远地离开这里，去哪儿呢？他想到了一个好地方，拦了一辆出租车，上车后他对司机说，去五塘。

五塘是依城的远郊，农科所的实验基地就设在这里。退休前，张农民一到木薯种植的季节，就会到这里来，从种植到收获，他大部分时间都住在这里。他是个失败的农科专家，他从大学毕业开始研究木薯怎么增产，一直到退休，他种出来的木薯，跟五塘附近那些靠天吃饭的农民种出来的木薯亩产差不多。说五塘这个地方，是他人生的滑铁卢，可能有点过分，但是他没有在这里感受到职业带给他的光荣以及别人对他的尊重这倒是真的，所以退休之后，他就下决心，不再回五塘。

现在，他又在去五塘的路上。这个城市除了家和农科基地之外，他真的没地方可去了。

一出城区，道路就变得坑坑洼洼，侬城这些年大兴土木，又是挖地铁又是建高楼，路上拉建材的车又大又长，把路都压坏了。张农民好多年没有走这条路，他在出租车上东倒西歪。算你运气好，出租车司机说，我正好要到五塘去吃喜酒，所以才带上你，来这边，轮胎容易磨损，还费油，车又容易脏，一般的出租车不会去的。

我退休前到五塘都是坐公交，张农民说，以为现在比以前方便，没想到路这么差。

没有办法呀，阿叔，你想想看，城里现在有多少个工地，石头、钢材、沙子、水泥，肯定得往城里运呀，不光五塘这条路，郊区通往城区的每一条路，都差不多，二十里以内，鸟语花香，二十里以外，黄尘滚滚，没有什么事，千万别出城。

出租车窗门紧闭，挡不住呛鼻的烟尘味，这是很多年前熟悉的味道。张农民有了晚景凄凉的感觉，昨天以前，他都没想到自己会有今天的狼狈，昨天，他还跟袁好说，今晚要去朝阳公园听她唱山歌。

想到袁好，他的心情又好起来。袁好是市文化馆的辅导员，山歌唱得好，年轻时演过刘三姐，认识她是因为侬城国际民歌艺术节。白天，小区门口搭起了戏台，是山歌演出专场。张农民喜欢听山歌，平时都是在电视或者随身携带的播放器上听，现在戏台搭到家门口，当然要去看。因为是山歌专场，没多少人看，场面有点冷清。他坐在舞台前方最靠边的塑料椅子上，等着歌手们出场。

开台歌唱起来，张农民的身边突然就多了一个女人，女人将好几个鼓鼓的塑料袋放在他旁边的空位上，说，老板，你帮我看一下，我要上台演出。没等张农民回过神来她就急匆匆往舞台后面走。

张农民看那几个塑料袋，原来这个女人是先去买菜才来演出，她真会赶时间。

舞台上很热闹，又是对歌又是抛绣球。

依城号称“天下民歌眷恋的地方”，每年九月份有几天时间，这里成为歌的海洋。

老实说，山歌和民歌是两回事，张农民喜欢听那种未加雕琢，自古到今都是一个调子的山歌，那些山歌幽远绵长，他很快就能听进去。

今天，因为身边这几个塑料袋，他又多了一个期盼：那个先买菜再上台演出的女人，山歌到底唱得怎么样？

节目一个接一个，他从头看到尾，这些女演员里面，也看不出谁是塑料袋的主人，她们浓妆艳抹，每一个都差不多。

演出结束后，观众都走光了，演员们还在台上照相，几个外国演员最为抢手，被簇拥着，他们夸张地摆着各种各样的造型，身边的人换了一拨又一拨。台上笑声一片。照完相，舞台也就空了。张农民守着那几个塑料袋，心想，这人不会唱得高兴，跟外国人照相照得高兴，忘了来拿菜了吧。

清洁工打扫场地，工作人员要将观众席上的椅子装上车，张农民提着塑料袋，走也不是不走也不是。等了大概二十分钟，一个女人才急匆匆跑过来。

老板，不好意思不好意思。

远远地她就嚷道。待走近一看，原来她是最后一个登台唱歌的演员，什么名字张农民记不得了，她唱的是刘三姐的歌，张农民回想她在舞台上唱歌时的情形，那是他最最喜欢的节目，突然间，他手中的青菜啊沙骨啊豆腐啊，变得非同寻常。

老板不好意思，我忘性大，演出完稀里糊涂就走了，走到公交车站，看见有人提着菜，才发现菜忘记拿了。岁数大了，真的不能同时做两件事情。唱山歌的女人说。

没关系了，如果你再晚点来，我就把菜放到小区保安那里让他们帮你保管。张农民说。

谢谢你啊，害你等那么久。女人压低声音说，要说演出就好好演出，不应该这么啰唆，但是我怕去晚了，买不到新鲜的红薯苗，农科所种的红薯苗，大家都在抢。说完她不好意思地笑起来。

她又说，本来可以拿到后台，但今天有外国人来，不能让他们看见了笑话我们，给中国人丢脸，哈哈哈哈。她笑出声来。

很可爱的刘三姐。她的笑声感染了张农民。张农民心里很舒服，这么多年了，他还是第一次为一个女人做一件事情。他也跟着笑起来，没关系的，外国人也要吃饭嘛，他说，你今天唱得很好，你是最后一个唱的，是台柱子。

哎呀，是因为我年轻时演过刘三姐，所以他们就安排我最后一个唱，不是我厉害，是刘三姐厉害。她说，脸上有一片羞涩，是占了别人便宜的那种羞涩。

张农民说，不是每一个人都能演刘三姐，你谦虚了，我跟你说，我听了几十年刘三姐，每一句歌词我都能背得下来。

是吗？老板。

你不要叫我老板，我以前是农科所的。

女人说，叫顺口了，遇到一个男的，不知道叫什么，就叫老板。今天真的很特别，早上去抢农科所种的红薯苗，现在又遇到农科所的人。

我退休了，红薯苗跟我没关系了。张农民不敢掠人之美，跟女人刚才不把自己当刘三姐一样。我就喜欢听山歌。他说。

你喜欢听山歌，很好啊，我们每天晚上都在朝阳公园唱，有空你就过来听吧。

他和袁好就这么认识了。算是刘三姐给牵的线。

路两边的耕地上，密密麻麻种着木薯。这种景象如此熟悉，似乎在提醒张农民，农科所的基地到了。不一会儿，几栋土灰色的小楼跳入眼帘，张农民对司机说，就是那里。土灰色的小楼被围墙围了一圈，丝毫没有什么改变，惟一改变的是楼顶，立着接收卫星信号的“大锅盖”。

出租车在基地大门前停下。张农民下车，一手提着行李，一手拍身上的灰尘，之后站直，转身，朝门里走去。

一个保安大哥伏在桌子上睡觉，出租车离开时的轰鸣声也没能震醒他，倒是狗先叫起来。这下保安大哥醒了，你找谁？他说。

张农民说，我以前是这里的职工，现在回来看看，领导在吗？

哪个领导？我们这里有三个领导。

张农民一下子就蒙了，他退休时只有一个领导。

他说吴正在吗？吴正是他退休时的领导，年纪很轻，是个博士。

这里没有这个人。保安大哥说。

哦，那么快就调走了，张农民自言自语。他本来应该给吴正打个电话后再来，上车之后觉得不方便，当司机的面求人他很难为情，觉得先到单位再说。如果没人搭理，他就到镇上的小旅馆住下。张农民从包里翻出退休证，还有以前的工作证，递给保安大哥，说，以前我就在这里上班，就住在那座楼里。他指着靠里的那一栋楼。

保安大哥这下客气了很多，阿叔，你有什么事吗？

张农民不知道怎么开口，面露难色。

是这样的……嗯……我……我想找领导说些事。他说。

保安大哥站起来带他走到岗亭后面的灰楼前，墙上有单位全部人员的照片和名单。保安大哥说，第一排前三位是领导，他们都不来了。

照片上的人他一个都不认识。哦，那这里的事情谁负责呀。张农民说。

我呀，有什么事跟我说就可以了。保安大哥说。

张农民想，这个人权力够大的。保安大哥说，这一片地都划为高新开发区了，这里已经不属于农科所了，估计不到半年，这里就会变成大工地，他们都走了，就我一个人在这里看。这事你都不知道啊，前段时间很多老同志都回来看。

这事他真的不知道，退休后他很少参加单位的活动，同事之间也很少来往，在他们眼里，他是一个性格孤僻的老人。

犹豫了一下，他把来意跟保安大哥说了。

没想到保安很爽快，一口就答应了。好啊，反正我一个人在这里，这么多的房间，你随便住。他一颗悬着的心终于落下来。

我还是住我以前住的那一间吧。他说。

很奇怪，刚来的时候，他心里觉得这里肯定满满地住着人，像当初一样，当保安大哥说这里的人全走光了之后，一种冷清的感觉袭上心头，保安大哥领着他来到他以前住的那个房间，跟五年前相比，房间灰乎乎的，一看就知道很久没有住人了。

保安大哥说，打扫一下还是能住人的，这种老楼，全是红砖砌的，比水泥砖砌的牢固多了，保安大哥用手敲墙壁，砰砰砰砰，墙壁闷闷地响。

张农民说，你真厉害，听声音都能听出房子牢不牢固。

保安大哥说，我以前是砌墙的，不同的砖会发出不同的声音。

张农民这才注意到，从始至终，保安大哥的左手都一直插在裤子口袋里，给人懒散又吊儿郎当的感觉。

铺盖你不用烦，我这里多的是，等下给你拿过来。保安大哥很热情。

张农民谢谢谢谢一直说个不停。

五

阿德想起自己哭得最惨的那一次，竟然是在看电视的时候。一档科教节目，大水之中，一个老猴子要爬上岸，被新猴王手下的一群猴子阻止，最终被大水冲走。

很多人都问阿德，阿德，张丹怎么喜欢上你的？阿德说，很简单，因为长相呗。他们都笑了。

阿德长得黑，卷头发，高中的时候，他参加演讲比赛，背诵马丁·路德·金的《我有一个梦想》，有几个捣蛋的同学私下里商量，如果他顺利完成演讲，那就给他起个外号叫路德金，算是配合他的长相，后来没有叫他路德金，都叫他路德土，昵称阿德。

在依城，从来没有一个人像阿德那样喜欢哭。

一个大小伙子，一遇到事情就哭。从小到大都是如此。

小时候，他爸爸的手刚举起来，他就哭开了。读高中的时候，在街上看到有人要跳楼，一群同学围上去，他一个人退到后面哭到要抽筋。人们都很奇怪，这个小伙子，要跳楼的是他什么人啊，还不上去劝一劝，没准能感动要跳楼的人。

阿德为此非常的苦恼。自己的眼泪怎么这么多啊，他觉得这样很丑陋。他去看医生。挂了一个眼科。医生说我只能检查你的视力好不好，该不该戴眼镜，至于你喜欢流眼泪，我看应该是心理问题，去找精神科的医生看一看。阿德又去挂了一个精神科，精神科医生问他，你说说，你都是在什么情况下哭？

阿德想起自己哭得最惨的那一次，竟然是在看电视的时候。一档科教节目，大水之中，一个老猴子要爬上岸，被新猴王手下的一群猴子阻止，最终被大水冲走。阿德拿双手捂住眼睛，眼泪从指缝间沁出，滴在他家的狗“土匪”头上，土匪也不躲，时不时抬头看主人，主人的眼泪在狗脸上流淌。

阿德说，随便一件很简单的事，我都想到要哭，有时走到街上，看见有人讨钱，我眼泪就止不住往下流，看见一个女人打自己的孩子，我也想到要哭。我不知道我为什么会这样。

医生说，你太脆弱了，你比林黛玉还林黛玉。

阿德说，我不是林黛玉，那些花啊草啊，我平时一点感觉都没有，倒是人啊，狗啊，猴子啊，最能吸引我的泪水。

医生说，像你这个年纪，还喜欢流眼泪，真的很少见，不过流眼泪也不是什么大的毛病，没准有一天，你突然碰到一件什么事情，就不会那样了。

医生问他，你有女朋友了？

阿德说没有。

医生说，你能招女孩喜欢。

阿德说你开玩笑吧医生，女孩都喜欢硬汉，我动不动就哭，有谁喜欢我啊。他还是第一次听到会有女孩子喜欢他这样的话，心里很高兴，脸都红了。

医生说，这个世界有各种各样的女人，更多的人喜欢和强壮的男人交朋友这不假，但是，有喜欢强壮一点的，就会有喜欢脆弱一点的，也不是一开始就喜欢，可能首先是同情，然后才喜欢。

阿德想到学校那些他认识的女孩，脸色又变了回来，她们没有一个人喜欢他。至于同情，他一时也看不出来。大概是医生想安慰他，才说好话给他听。阿德马上不把医生的话当回事。喜不喜欢那是以后的事了，关键是怎么样才碰到一件像医生说的那样的事情，让自己彻底摆脱“赖哭王”的称号。他从小就有“赖哭王”的绰号。

阿德说，医生，是不是你以前遇见很多个像我这样的人，最后不用治疗就自己康复了？

医生说当然啦。

能告诉我他们都是谁吗，我想去找他们聊一聊，是怎么变得正常起来的。

医生说，不用找，我以前就是这样的人。

啊，阿德很吃惊。是吗！他喜出望外，那你告诉我，你都遇到什么样的事情，才去掉这个毛病。他说。

医生说我要纠正你的说法，你说这是病，对吧。

阿德点头。

这不是病，这算什么呀。我是上大学的时候突然就好了。

怎么好的？

医生笑了，他说这不能告诉你。

几年后，阿德在租钩机搞建筑之前，在自己家开地下赌场聚赌收钱，有一次，赌徒中间，突然有一个中年人冲他笑，他丈二和尚摸不着头脑，笑也不是不笑也不是，表情僵住了。

那人说，你忘了，你当年曾找我看病。他用食指和中指指着自己的双眼比画，是流眼泪的意思。

阿德马上醒悟过来。是你啊医生。

两个人都笑了起来。阿德想这个医生很厉害，看过那么多的病人，都还记得我。阿德说，你好厉害，还记得我找你看病。

医生说，像你我这样的，也没几个人，能记住。你要是什么失眠啊，抑郁啊，我肯定记不住，那太多了。

阿德说哦，原来是这样。阿德这才想起医生原来曾经也跟自己一样，一碰到或者见到什么事，眼泪就哗哗地流个不停。

阿德感觉自己跟医生有缘，开个赌场都能碰到他。谢谢你来捧我的场。他说。

医生说，你这里很热闹，我来试试手气。毕竟是医生，毕竟赌钱也不是什么光彩的事，对着以前的患者，他有点不好意思，他转移话题，你好了吗，现在。

阿德说，去年我爸爸死了，我都没有哭出来。阿德苦笑。

医生说，这很正常，这都是磨出来的啊。

那天医生赢钱，请阿德吃饭。在工厂旁边又续起了当年的话题。都想知道对方是怎么“好”起来的。

医生

医生说，我上的是医科大，其实我不喜欢学医，我文科也挺好，我不是跟你一样着急吗，什么叫病急乱投医，我这就是病急乱投“医”，我想，大学四年，如果还像以前那样，见到一只狗啊猫啊受欺负，就像天塌下来一样，那还了得，那还怎么活。我就报了医科大。我是这样想的。学医嘛，每天都要面对生死，我想让自己麻木，我当初对医生这个职业的理解就是麻木，机械，冷。当然这是不对的。我不知道学医对我有没有帮助，可能有吧，学解剖，我手开始抖得像触电一样，眼睛没有闸门，好心的同学像我请来的助手，擦汗一样帮我擦眼泪。大学五年，基本上都是如此，最后怎么好的呢，是要毕业的时候。我的好朋友要我去跟他做一件事情。

医生说到这里不说了。他摇头，像手气很差输了很多钱一样。

医生接着说，这件事情还不是一般的事情，是叫我跟他一起去偷一具解剖用的大体。

“大体”是什么？

“大体”就是尸体。

啊，一口啤酒从阿德嘴巴里面喷出来。我操他妈，这个世界真是什么事都可以发生啊 。

医生说，我的这个同学，这几年下来，总是怀疑我们解剖用的“大体”，有一具是他失踪了很多年的双胞胎弟弟。他要我跟他去，把他弟弟从保管室里偷出来，拿到学校后山去掩埋。

阿德脸色都变了，阿德说，这太吓人了。

是吓人。我的好朋友解剖课的时候老请假，最后补考两次才过关，以前我一直不知道是怎么回事，他求我的时候我才知道。他为什么求我，因为每次都是我去抬解剖用的大体，熟悉保管室的地形。

阿德说，他怎么知道那就是他的弟弟。泡在药水里的尸体，模样都差不多。

医生说，我好朋友的弟弟喜欢文身，高一的时候在手臂上文了一只老鹰。文的人手艺不好，可能是弟弟贪图便宜，别人把老鹰的头文成了鸡头他也不在乎。在学校的解剖室，我的同学一看见躺在解剖台上的那具大体，就知道这是自己的弟弟。怪不得以后一到解剖课，他就请假。他跟我说要我跟他去偷那具大体，一开始我吓坏了，我的这个同学在学校的时候万事不求人，临近毕业，终于开了一次口。而我呢，因为容易流眼泪，同学们都认为我胆子小，两个人合伙去做这件事情，也算是珠联璧合。算是帮他，也算是帮我自己。头脑一热，我就答应了

医生说，我们先在学校后山的空地上挖一个坑。就这件事最费力气。本来是偷偷摸摸的事，就应该找一个不容易被人发现的地方挖坑，但是我的这个同学相信风水，他要给他弟弟找一个好地方，他去图书馆查关于风水的资料，还去市场买了个罗盘，我和他架着罗盘在学校后山转了两天，终于选好了一个地方，是一片树林的尽头，往前走十几步就是悬崖，能看见半个城市的风光。我的同学说这里不错，后面有依靠，前面有风景，而且好记，以后来烧香

很方便。我们挖坑挖了两个晚上，坑挖好了，就想着怎么把大体偷出来。学校对大体怎么使用、保管及最后的掩埋都有一套严格的制度。学校有专门掩埋大体的地方，每年上解剖课的学生，清明节的时候都要去那里祭奠他们的“大体老师”，应该说，不管大体们生前的命运如何，当他们入土的时候，还是享受了应得的哀荣。同学的弟弟本应跟他们在一起，我的同学不想那样，他要单独给他选一个地方。他的弟弟不喜欢读书，一心想闯江湖，同学读高中的三年里，他的弟弟因为偷盗被关了两次又放了两次。同学考上医科大的时候，弟弟从此下落不明。同学说，肯定是打架被打死的。同学家在北方，他没想到在这个南方城市，在这个校园里，自己跟弟弟以这样的方式相遇。这个时候学校临近放假，我借去保管室跟保管员师傅告别的机会，把窗户的插销抽开。晚上我和同学潜入保管室，很容易就找到那具手臂刻有老鹰的大体，我们把大体装在一个黑色的塑料袋里，在把黑色塑料袋系紧的时候，出现了状况。我的同学哇地就哭出声来，害得我差点把他们哥俩扔下，你知道，如果被发现，肯定拿不到毕业证，这五年的书就算是白念了。我之所以答应跟他来这里，是因为我有这个把握，学校两万名学生和老师，没有一个人会想到有人偷大体。我赶紧用手臂封住他的嘴，他的牙在我的手上咬。他很快冷静下来，为防止自己哭出声，从口袋里抽出一条长毛巾，勒住自己的嘴，然后跟我把他弟弟抬出保管室，从窗口一点一点地移出去，从校园到后山，一路上我的心狂跳不止，越接近成功，我就越害怕，当我们把他弟弟掩埋好，我哇地一声哭了出来，那一个天昏地暗。感觉所有的水分都从眼睛流出来了，连我的同学都叫我不要再哭了。好久我才缓过来。也算我们的运气好，因为要放假，学校根本就没发现保管室少了一具大体，这件事好像从来没发生过一样。

经过那个晚上之后，什么事都不能使我轻易地哭泣。医生说。

阿德说，原来是这样，像听故事。

医生说故事还没完呢，我的同学刚毕业回到家，就又发生了一件天大的事。

什么天大的事？

他的双胞胎弟弟又回来了。

他根本就没有死？

对，他根本就没死，跑到缅甸挖玉石去了，回来时带回很多钱。

啊，那白偷了，你们。

是啊。现在每一年的清明节，我都跟我的那位同学回母校，到后山上给被我们偷出来的“大体老师”烧香，因为我们，他独自孤零零地被埋在山上。

轮到阿德说他自己。

阿德说，我跟你不一样，自从我确认我老婆张丹喜欢上我之后，我就好了。我考不上大学，我女朋友张丹她也不想读书，考上第二年就出来跟我闯江湖了。人真的是太奇怪了。

医生说，一个人，有人喜欢，有人疼，很多时候比药还管用。你比我幸运，大学几年我喜欢上的人都没喜欢我，如果我像你那样有女同学喜欢，我就不用跟我同学去偷大体了。现在想起来，还有些后怕。

阿德说，人真的是太奇怪了。

说话能看出一个人的性格，这个女人爱钱、对人挑剔，这样的人对人对事会很认真。重要的是，她还长着一张图书管理员的脸。

他们的事暂且放到一边，先说一说我自己。

那个时候我头脑发热，要在青山废弃的工厂开一间音乐酒吧，当时我固执地认为，在偏僻的地方，开一间不一样的酒吧，跟城里那些个闹哄哄的酒吧区别开来，没准能赚钱。

我以前在一家时尚杂志做文字编辑，不死不活的杂志，不死不活的工资，觉得再这样下去，一点意思都没有，于是辞职。

我们家在老城区有一座房子，光收租金就够我们一家人很体面地生活，爸爸妈妈身体健康，又有养老金，我仗着有些底气，炒了单位的鱿鱼。

人啊就是这样，永远对自己的环境不满意，很多时候是吃着自己碗里的，看着别人碗里的。我不一样，我对自己碗里的不满意，也不管别人碗里有什么好风景，我对自己碗里的不满意，我就回归我可爱的家，那里有我的爹娘。我们家碗里的还凑合。

我辞职我爸爸妈妈还挺高兴，他们巴不得天天见到我，父母在屋里一吆喝，儿女立马出现在面前，他们认为人生最大的幸福莫过于此。

我妈妈往我脸上贴金，她说，我家李晓，心疼我们，早早就想到要孝顺，现在在家里，什么事都不用我们干。

小区里的邻居可不这么看，董老太说，年纪轻轻，什么都不干，吃爹妈的喝爹妈的，这叫孝顺？这叫啃老。她从此得罪了我妈妈。

我爸爸也经常在他的朋友圈里表扬我，他不像我妈妈那样大张旗鼓，他很含蓄，跟一帮老伙伴玩的时候，故意在他们面前给我打电话，李晓，今天中午吃什么菜啊，好好，这个菜你妈妈爱吃，降血脂的，少放点盐啊。他的同事刘叔叔，儿子在美国，好多年没回家，刘叔叔一喝酒就打电话给我爸爸，骂远在美国的儿子。我爸安慰他，你儿子多有出息啊，儿子大了都要离开，他们有他们自己的生活。但是一放下电话，就换了一副不屑一顾的神情，对我说，有什么用，跑那么远，生了等于没生，养儿防老，这才是中国人。李晓，你做得对。

很多年前，我爸爸恨不得把刘叔叔那个远在美国的儿子换成我。还有，很多年以前，为了级别，在单位里，他也跟人斗，那时候他面目狰狞，像头困兽，一回家就骂我妈妈。对不起，我这样说我爸爸，有点不应该。不光我爸爸，在人与人互相缠斗这方面，人类一点都没有进化。我爸爸现在看起来很慈祥，跟人说话和风细雨，年龄真的是一剂降火药。所以世界和平，得靠老年人多努力。我还年轻，我不能像他当初年轻时那样好斗，知难而退吧。所以我选择辞职。

我大学读的是历史。我有这样的喜好，不管是古代史还是现代史，无论国内还是国外，很奇怪，国家由弱到强，我不关心这个，这个国家为什么变得强大，我一点都不关心，我关心的是，这个国家或者说朝代，为什么由强变弱，特别是历朝历代最后一个君王的最后一年最后一月最后一天，是怎么一种状况，我就对这个感兴趣。我发现，这些个王朝，由强变弱的状态其实就是无人驾驶状态，表面上看秩序井然，虽然也有人在那里发号施令，也有人在那里躬耕劳作，为国效劳，但是，这艘船不知不觉已偏离航向，一块巨大的礁石在吸引着它。这块巨大的礁石是它唯一的航向。似乎所有人所有的努力，都是为了加快它的灭亡。

对历朝历代由胜而衰的兴趣，使我觉得所谓人生也不过如此。国家都这样，何况一个人。该干吗干吗，别时时刻刻绷着扮演强者。

所以我待在家里照顾父母我觉得心安理得。我的老师邱大炮如果知道我学历史的结果是不思进取，悲观厌世，非抽我耳光不可。

在家待了两年，有一天，我陪我爸爸妈妈去青山散步，在山脚下，看见一排砖瓦结构的旧厂房横在又高又密的杂草中间，我突然间就有了想做事的冲动。我想变废为宝。

谁是这几间厂房的主人？我托朋友打听，得知老板是一个叫王大川的人，但是他们提供给我的电话，已经停机了。不得已，我打印一张“求租启示”贴在厂房的墙上，上面写有我的名字。几天后，电话打进来了，一个男的，讲着带有地方口音的普通话，在电话里跟我嚷嚷，我听了半天，才搞清楚他让我去一趟青山旧厂房那里。我赶过去，几个环卫工正在厂房的屋檐下休息，看见我，一个胖一点的环卫工站起来说，你是李先生。

我点点头。说是的。

他露出笑容，李先生，你要租房子？

我心里想，他不会就是王大川吧。我说，你是，王大川王老板？

所有的人都笑了起来。那个胖一点的环卫工还挺不好意思，不是，我以前在这里打工。

他说。

原来是这样。是你让我来的？我说。

是的，王老板找不到了，老板娘还在。他说。

旁边的人又一次笑了起来，胖一点的环卫工又一次不好意思地跟着笑。

老板娘是我表妹，是亲表妹。他说。

这个地方是谁的？我问，我关心产权的归属问题。

是我表妹的，我告诉她有人想租这里的房子，她叫我帮她了解一下，你是真的想租还是随便问问。所以我就把你叫来了。

我有点恼火，他大概看出来我不高兴，接着说，李先生，这个地方太偏僻，我表妹根本没想过会有人来租这里的房子，所以就委托我跟你谈。

我是有这个想法。我说，但是要看价格怎么样。

贵不到哪儿去，我表妹让我问你，你租这里拿来做什么，不会拿来开酱油厂？他说。

我这才想起来要问这个工厂以前是生产什么产品的厂子。

他告诉我，以前这里是她表妹夫开的酱油厂，生意一直不错，但是卫生检疫部门来突击检查，检查结果说酱油厂是拿理发店收来的头发做原料加工成的，酱油厂就倒闭了。

我记起来，好像有这回事，那段时间整个依城都在谈论酱油。

其实是被冤枉的。做酱油用的氨基酸我们一直都是从正规渠道进货，但是那一批原料不知怎么搞的，原来的厂家提供给我们的全部有问题，检疫部门说这些氨基酸是拿头发加工成的，在我们这里查到的，责任肯定是我们来负责。记者写了报道，电视台也播了。这下可惨了，工厂说倒闭就倒闭。

另一个长得很瘦的环卫工跟我说，这个自称老板表弟的人以前是这家酱油厂的工人，酱油厂倒闭了才来做环卫工，他在酱油厂干活比较舒服，现在扫地多脏多累啊，现在，他扫地扫累了就骂记者。

我不会拿来开酱油厂。我笑着说。

他打电话给他表妹，家乡土话，我也听不懂，说了好一会，他挂掉电话，对我说，下周五，也在这里，你们谈，我表妹叫顾静。

我不知道环卫工的表妹为什么把地点定在这里，是谈论租房子的事，又不是谈恋爱。

周五的早上，青山上雾气未散，一场夜雨，树枝湿润，叶子闪亮，空气里有水果香。青山这个地方，被称为依城的肺，山上有座庙，人们来这里烧香、健身、谈恋爱，一半老年人一半青年人，如果开酒吧，白天也能营业，客流量不成问题。

我来到的时候，厂房四周的杂草已被清理，大概主人要让我对这个地方有更好的印象才这样做吧。

一辆奔驰驶过来，停在我车的旁边，我立即就变得寒酸起来。我的波罗开了五年，前些日子被人追尾，屁股凹下去还来不及修。

车门被推开，一个女人下车，朝我礼貌地点头。她就是顾静。

四十岁的样子，五官端正，化了淡妆，披肩发，不像做生意的，倒像个学校的图书管理员。

是你要租我房子？她说。没等我回答，她就：哎呀，这个地方，说实话我都懒得出租，也收不了几个钱，又是合同又是消防许可治安许可，时不时还要催房租，如果你好打交道的话还行，不好打交道，我烦都烦死了，老实跟你说吧，主要是我没空，如果我有空，这几间房，我把它拆了，建个别墅，现在别墅多贵啊，青山附近的别墅，一幢两千万，我这里是青山风景区的核心地带，你想想，肯定不止两千万……她一开口，就不像图书管理员了。

她说了一分钟，内容只有一个，她对我租不租这些房子无所谓。语气中透出不耐烦。一副随时准备上车走人的样子。

我一点都不喜欢她这样，仗着口袋里有钱而不把人放在眼里，一开始我还把她当图书管理员呢。

但转眼一想，可能这也是生意人惯用的伎俩。说不定她心里正着急地想把房子租出去呢。

我也动点小心思，试探试探她。顾老板，跟你说吧，其实我也挺犹豫的，我想开个酒吧，你也知道，在这开酒吧得担多大的风险，你租不租房子给我对你来说是小事情，对我来说，我租你的房子，是豪赌。这里做食品加工厂倒是挺好，做酒吧，你说会不会有人来？

她瞟了我一眼，她知道我对这里曾经开过酱油厂还是很了解，知道我明白她刚才的态度是谈判的一部分，眼神柔和了许多，又做回她的图书管理员。

她说，我觉得青山就应该有一间上档次的酒吧，这里风景多好啊，现在很多人不喜欢闹，城里的那些酒吧太闹，消费又太贵，如果我是你，不开就不开，要开就开一间有特色的酒吧，消费不要太贵，很多人会来这里听听歌，喝喝啤酒。开酒吧，主要是有固定的人群，小年轻肯定喜欢在城里头闹，我觉得根据青山的客流量，中年人可能会喜欢这里。

如果消费不要太贵，那是不是应该从房租开始。如果太贵，我也租不起。

她笑了起来，你还是很会做生意的。你以前是干什么的呀？

我说做编辑。

什么编辑。

我说出那本杂志的名字。

这杂志我知道，专门介绍成功人士的穿着打扮，我以前买过你们杂志。她说。看来你们杂志不是很景气。

你怎么知道？

她笑而不答。

哦，我一下醒悟过来。我说，你眼光好毒。

她是觉得我的穿着打扮过于随意，一点都没有得自家杂志的精髓，一个杂志，都影响不了自己的员工，估计没什么人看。

对不起啊，女人一开始都是以貌取人的动物，不过男人最重要的不是衣品而是人品，如果你能按时交房租，你穿的再怎么不入品都没关系。你以后当老板，衣着最好还是讲究点，你就是你酒吧的门脸。别让人看起来你像一个跑堂的，我租房子给你，心里也踏实。

这个女人，她管得还真够宽的，她肯定觉得我不够尊重她，谈租房子的事情也是一个很正式的事情，怎么就穿得像青山上一个练健步走的。

我以前在杂志社上班的时候很讲究的，夏天都要带围巾。赋闲在家两年，远离时尚圈，买菜做饭跑步打游戏，身上裹一块布我都敢上街。我今天穿我爸老年合唱团的T恤，一条美特斯邦威跑裤，穿着拖鞋。被她瞧不起了。我心里想，谁当这个女人的老公，光怎么穿衣服这一条都会被折磨得死去活来。

说话能看出一个人的性格，这个女人爱钱、对人挑剔，这样的人对人对事会很认真。重要的是，她还长着一张图书管理员的脸。

这是我和顾静的第一次相见。

七

不知道为什么，我一个不怎么轻易相信别人的人，很容易就成了顾静的下线，她代理的产品，在青山这个地方打开缺口，我和她成了这款保健产品销售金字塔的塔尖。

再一次见到顾静，是我青山咖啡馆开业以后的四个月。

刚刚开业的时候，酒吧还挺有模有样的，是清吧的那种风格，墙壁上，我刷上梵文，地板是红砖，椅子凳子黧黑，茶具酒具奶白，连音乐都是莫扎特巴赫什么的，一副专门为清心寡欲的高端人士服务的模样。在这之前，我请人到一些高档街区的写字楼里发小广告，那段时间，城东商业区那一带的人行道上以及依江边的酒吧一条街的人行道上，经常看到被人丢弃的关于我的酒吧就要开业的小广告。

开业那一天，鞭炮声响过，我们等来的不是什么“高端人士”，而是二十几位来青山晨练的老头老太太，他们穿红着绿，带着宝剑、扇子，鱼贯而入，成为酒吧的第一拨客人。

来的都是客。我叫服务员照顾好这群“红”男“绿”女。很快服务员就招架不住了。他们有些人一进来就嚷着换音乐。我哪里准备有他们喜欢的音乐，赶紧换一张我妈妈在青山跳广场舞没有及时带走的碟子。果然大受欢迎。然后他们点单，水果含糖太高不能吃，茶绿影响睡眠，红茶容易发胖，最后，单子上所有的东西几乎都不能点。但是不点点什么他们又不好意思，最后都点了矿泉水，我开业时卖得最好的商品居然是矿泉水，这是之前我所没有想到的。老人们完全把我这当成休息室了。正是他们，确定了我酒吧未来发展的方向。

也行，先聚聚人气再说。我爸我妈看到这里人气很旺，很高兴，我爸说，李晓，我们给你的酒吧做宣传，来的这些人当中，好多是我的朋友。偏僻的青山脚下突然多了一个休息的好地方，我估计老人们会奔走相告。我爸爸妈妈经常加入他们的行列，在我这里下象棋、打牌，开始我很不习惯，但是看到他们很高兴的样子，我觉得这样也很好。

再后来，我的酒吧就变成了：

早餐店，主要经营包子、老友粉、油条、豆浆、粥……

快餐店，主要食谱有排骨饭、猪脚饭、扬州炒饭、叉烧饭……

还兼卖塑料玩具、风筝、驱蚊药……青山第一个杂货铺诞生了。

只有到晚上，才有一些男人女人，来这里喝茶聊天听音乐，这个时候，忙了一天，人困马乏，我才记起自己曾经的理想。我原来为酒吧采购的东西，被挤在一个很小的角落，更多的地盘，被木渣压成的桌子和塑料椅子占据。以前铺上的红砖因为不好搞卫生也被撬起来重新铺上瓷砖。因为跨行业经营，我还被工商局罚了2000块钱。

一个午后，客人慢慢散去，店里冷清下来，一般这个时候来店里消费的，都是些外地的客人，爬青山爬累了，找个能遮挡太阳的地方休息。他们点些果汁什么的，喝着喝着，就伏在桌子上睡着了，不怎么需要照顾。我曾经想，如果地盘再大一点，在这里开个民宿，吃住玩，就基本全了，钱肯定不少赚。

我在数钱，一抬头，看见顾静站在我的面前。这个“图书管理员”，她扫了四周一眼，像欣赏到什么奇怪的风景似的，非常吃惊，然后就笑出声来。她大概是在笑我酒吧怎么开成这个样子吧。现在的景象是，快餐店不像快餐店，杂货铺不像杂货铺，酒吧不像酒吧。如果把我现在开的这个店比作一个人，往好了说，那就是这个人自己为自己准备了好几种人生，如遇不测，每一种都能救命。往坏了说，这个人长得懵懵懂懂，一副不得要领的样子，一副不准备长大的样子，虽然看起来很结实。

顾静的笑感染了我，我也无奈地笑了起来。我们像两个洞悉了某种秘密的人那样用笑来自我解嘲。

没办法，这就是现实。我说。我把她请进店里，给她倒了一杯茶，陪她坐下来。

这叫急顾客之所需。我说。我从吧台的抽屉里找出几张照片，给她看当初酒吧是什么样子。这是最早的样子。后来，变成这样。看，早餐铺开张。再后来，变成了这样，快餐店热气腾腾。看，杂货铺。我说，就短短四个月时间，我的酒吧华丽转身。我苦笑。

能挣钱才是正道，你挺能变通的。我把房子租给你租对了。她端起我给她倒的热茶，当成手里的一个玩具。

开始觉得很掉价，你知道吗，早餐店开张的时候，我远远躲在一边，等服务员卖完早餐我才进来。后来快餐店开张，我也是远远地站在一边看。再后来，我想通了，卖包子又怎么啦，卖快餐又怎么啦。我跟你说啊，可能跟我以前的职业有关，太把自己当回事，老害怕以前的同事说，这人回家卖包子去了。

你们文人老是怕别人笑话你们，是不是每做一件事，感觉时时刻刻都有一双眼睛盯着自己。自己是演员？别人是观众？生怕戏演砸了别人笑话自己。哈哈哈哈。

这个人怎么这样，也不知道客套一下，我自嘲可以，她嘲讽我却不该。我正想怎么回答她，她却说，我们女人也一样。

我一愣，她接着说，我开始做生意的时候，跟人谈钱，好像天上有一双眼睛看着我，好像我一谈钱，有人就要把我给吃了，难受得要命。现在，三天不谈钱，浑身不舒服，三天不挣钱，好像就被人欺负一样，哈哈哈哈。

我想起第一次见到她的时候，我还没开口她就一通说叨，感觉那是得道成仙了。上次她来是因为要谈租房子的事，这次她为什么而来？

顾老板，今天怎么有空来青山。我说。

我是想过来看看，你酒吧开得怎么样。还不错，你头脑挺灵活的。房子租给你，我不担心拿不到房租。

房租你放心好了，就是不挣钱，房租我也不会欠你的。我说。

她从包里拿出一份杂志。我太熟悉这杂志了，我老东家出品的时尚杂志，我在那干了八年。

我找出来了，上面还有你名字呢。她说。她把杂志递给我。我一看，是一本前几年的杂志，卷首语还是我写的。我顿时有恍若隔世的感觉。前些年的这个时候，我西服笔挺，皮鞋铮亮，经常出入各种秀场，参加各种产品发布会，想着怎么来给明星、模特身上的衣服、饰品、帽子、围巾、鞋子等找闪光的句子。那是另外一种生活状态，我接触的，大多是道具、摆设，最熟悉的表情是面无表情。各种光鲜亮丽，各种花团锦簇，是游离于真实世界的春夏秋冬之外的第五个季节。我就活在其中。

我把杂志递回给她。翻篇了，现在它跟我一点关系都没有了。我说。

你知道为什么我把杂志找出来吗？她说。

是不是觉得跟我打交道会放宽心，我来路清白。我说。

不是。是以防哪一天你不交房租我有了治你的方法。一个文人下海失败连场地租金都交不起，如果很多人知道的话，你说你什么心情。

你也太狠了吧，连我如果不交房租怎么对付我你都想好了。我说。

顾静笑了起来，是恶作剧过后的那种开心。开个玩笑啦，这个你放心好了，今天跟房租有关的话都是不过心的。实话跟你说吧，我之所以找出这本杂志，是因为我还挺高兴，当你的房东，我还是很踏实的。至少你不会欺负人吧。

难得你信任我。

你什么意思？你意思是说我不会轻易相信别人。

不不不，我不是这个意思。

好了，我们就别互相抬杠了，说正经的吧，我今天来是想请你帮个忙。顾静说。

说着她从包里拿出一个包装精美的盒子，放在桌子上。是一件产品。

这是什么？我说。

一款老年人的保健产品，名叫马特葛雷莎，这是新加坡生产的一款抗衰老的产品。在国外卖得很火，今年刚刚传到国内，我现在是我们省的总代理。

原来是来向我推销保健产品的，我说呢，她今天嘴巴这么甜。还想办法把我编的杂志找出来，我差点跟她以诚相待。

顾老板，我现在吃这个，是不是早了点，我今年不到四十。我说。

我不是要卖给你，我是想让你帮我宣传宣传，这里不是人多吗，借你宝地，帮我宣传宣传。她说。

我看了她几秒。心想开业后，她肯定有了解我这里客流量怎么样，都是些什么人来这，生意好不好等等，要不然她怎么知道我这里适合推销马特葛雷莎。这个女人不简单。

你客气了，什么借你宝地，这地盘本来就是你的，你说，我怎么帮你宣传这款商品吧？要不你今天就把东西拉过来，我把货柜腾一腾，给你摆上，好吗？

我装作一副很热情的样子。毕竟她是我的房东，不管愿不愿意都要先答应下来。反正也不费什么工夫，卖得了就卖，卖不了也不关我的事。

我不缺地方卖东西。这东西不是油盐酱醋，你摆在这别人知道是什么东西呀。要销出去，真的需要下点功夫。我是真的来求你帮忙的。她说。

你要我做什么？

你知道传销吗？

我脑子里嗡地响了一声，传销，除依城外，这个省的海城、港城、宾城等等，这些城市的小区里或者城乡结合部，住着很多外地人，他们多半是被人诱以能分到西部大开发的一杯羹的名头，被骗到此，进入传销的局。

看把你吓得。你不要害怕，我说传销，是让你脑子里有一个比较直观的认识，我们这个商品销售的方法，是借鉴传销的经验。不同的是，我们的产品质量是过得硬的，是很有市场前景的，这么好的产品，就应该尽快让需要它的人知道。传销其实就是像邪教，什么洗脑啊，什么发大财啊，我们不是这样。从这一点跟传销有本质的区别。顾静说。

是不是也要发展什么下线，按发展下线的情况拿提成？我说，传销的那一套现在妇孺皆知，顾静说有本质的区别，难道她自创一套拳法？

我们跟所有客户的关系，全维系在产品质量上面，如果客户经过体验认为我们的产品有好的效果，那么我们跟他们的关系就是紧密的关系，如果顾客认为产品没有好的效果，那我们也不强求，一句话就是，他爱买不买。这就是我们跟传销的区别。

我明白了，顾静说的“区别”就是：一个是绑架，一个不是绑架。虽然不是绑架，但是踹人一脚是肯定的。她现在就是要我怎么去帮她“踹人一脚”。

顾静拿出一堆产品介绍，把产品的主要功效介绍了一遍，之后把怎么“踹人一脚”的方法也传授给了我。

下面是我根据顾静的“口授”整理出来的：

马特葛蕾莎是一款新型的保健产品，新加坡，你们也知道，是中西文化融合得比较好的现代化国家，这个国家最出名的行业是国际金融、港口贸易，还有就是医疗保健，马特葛蕾莎，听起来名气很洋，其实是一种中药产品，在大家的观念里面，中药多少带点神秘的色彩，马特葛雷莎是世界上第一种把中药的药理、药性、药效分解得最细最彻底的保健产品，这种保健产品，充分利用中药的特性，针对性极强，简单点说，人体就像一件很精密的仪器，这部精密的仪器如果出现了问题，就需要极其科学的方法来修理，马特葛雷莎其实就是人体这部精密仪器的最好的清洁剂。它既有中药的温和，又具有西医科学、针对性强的特点。它的发明者是一位修女，就是马特葛雷莎修女。马特葛雷莎修女不简单，她是医学博士，喜欢中国的中药，后来皈依基督，仍然希望能用自己的所学，来造福人类。这种保健品，是国际药理大会认证的五 A 级保健品……

她说的这些产品的优点我一点都不感兴趣，新加坡医疗保健是不是很厉害我不清楚，有没有马特葛雷莎这个修女我也不知道，“国际药理大会”谁召集开的有点可笑，而且我只知道有“五 A 级风景区”不知道有个“五 A 级保健品”，顾静在我面前滔滔不绝，一听就是准备拿来骗老头老太太的。

看到我对她的演讲没有表现出相应的热情，她没有不高兴，她说，不信是吗?

我点头。

她笑了，说，我也不信。

不信你还来推销。我说。

顾静说，那是两回事。你杂货铺的每一件商品你都信吗，你还不是卖得欢天喜地的。

这是两回事呢，来我这买东西，包子能填肚子，水能解渴，这保健品我可保不准。吃了不会出什么问题吧。

顾静说，放心，这一点我敢保证，掉脑袋的事我可不敢做，也不能做。

我说那就好。

顾静说，这是一门生意，既然要卖，就要卖得理直气壮。我希望你在帮我推销的时候底气要足，要给人一种你是这种产品的受益者的感觉。你看起来挺强壮的，面色红润，是最好的保健品模特。

有这种职业吗?保健品模特?保健品试吃员?我脑子里一阵滑稽。顾老板，你把我当大街上卖狗皮膏药的了，是不是跟人推销的时候自己往自己嘴巴里面塞一把马特葛雷莎？我面色红润不是吃药吃的，我是吃快餐吃的。哈哈哈哈哈。

我觉得很搞笑，真是红尘滚滚，从今天起，我这个店又多了一门生意，保健品推销。好吧，她刚才跟我说的那一套我将记牢，我也是想试一试我到底还有多少能耐。顾静，我的房东，这个大美女——是的，她就是一个大美女，以前我叫她图书管理员，有点含蓄了——她又拓宽了我的经营范围。

我还是挺开心的。

顾静说，我再跟你说最最关键的。我不会让你白推销的，从今以后，你就是我的分销商，用传销的术语来说，就是下线，我们的利益始终是绑在一起的。

她说绑在一起的时候，我有点不好意思，说到下线，我又感觉她高高在上。我明白了，她是不是想挣我的加盟费？加盟费大家都知道怎么回事，在这里我就少啰唆，如果她叫我交加盟费我才不干呢。

顾静说，所有买你产品的人，都是你的下线，这一点跟传销一样，我就不多说了。不一样的地方、最吸引人的地方，这种保健品很便宜，一盒 300 元，只要你买一盒，你就成为我们的分销商……

顾静说了半天，我才明白推销这种保健品跟传销有什么不一样。比如说，我买顾静的三盒保健品，我成了顾静的分销商，我留一盒，卖两盒给爸爸，我爸爸就成了我的分销商，我爸留一盒，卖一盒给我妈妈，我妈妈就成了我爸爸的分销商，我妈不吃，卖给董老太，董老太又成为我妈妈的分销商……依此类推。另外，还可以以礼品的方式在朋友圈里面推销，我付钱，买十盒，分送给十个朋友，十个朋友中，总有几个为人大方的，每个人也买十盒送给他们的朋友，依此类推，业务就开展了。

仔细想想，其实最终跟传销也差不多，都是要发展下线。

不知道为什么，我一个不怎么轻易相信别人的人，很容易就成了顾静的下线，她代理的产品，在青山这个地方打开缺口，我和她成了这款保健产品销售金字塔的塔尖。在我的下线中，有很多到我这里来的老头老太太，他们可立了大功了，而且他们不是为了销售而销售，他们是真心喜欢马特葛雷莎，附带也成了产品分销商，附带还赚了钱。

这只是短短两个月的时间。

八

在谈恋爱这件事情上面，怯懦的人其实是最不能面对现实的一类，其实是最害怕受伤害的一类，所以不知不觉间，干脆喜欢像苏菲·玛索那样的大美女。

后来，我和顾静同居了。

毫无疑问，马特葛雷莎——这种被我们宣传成“心脑血管保护神”和“肠胃清道夫”的保健品，是最直接的“媒人”。我们两个人都没来得及了解对方，一桩共同的生意，就使我们迅速地成为彼此的“下线”。

我爸、我妈、我叔叔和我婶专门为我的事闭门磋商。

我婶先发言：

我是觉得吧，李晓在这件事情上欠考虑了，李晓也不小了，这么多年都不找女朋友，挑来挑去，到头来找顾静，可惜了。李晓是不是觉得顾静是大老板，有钱。现在年轻人找对象主要看经济条件，这可以理解，但是你们家也不缺钱呀，也不需要找有钱人来依靠呀，而且我告诉你们，在我们中国，谁钱多谁就是老大，人一有钱往往就爱发脾气，在谈恋爱阶段还没感觉到，等到结婚、有了孩子之后，那就难说了，我是怕李晓以后受委屈，我觉得李晓就应该找个当老师的，以后有了孩子，妈妈如果当老师，在教育孩子方面会有很多优势，找个女强人，成天忙生意，哪里有工夫顾家。

我婶婶是中学老师，她这辈子最得意的事情就是她把她儿子，也就是我的堂弟，培养成我们省的高考理科状元。好家伙，从那以后，她处处以老李家的头号功臣自居，我们两家人在一起聚会，不管什么议题，她往往都是第一个发言。

顺便说一说，我婶婶也被我妈妈培养成了马特葛蕾莎的分销商，她每天身上随身携带一个笔记本，一有时间就给她的下线打电话，然后就在本子上记。虽然她也知道顾静是销售马特葛雷莎的大老板，但在侄儿的婚恋问题上，她还是坚持原则，不能因为顾静给了她赚钱的机会就丧失骨气，再说了，她能赚钱是完全她自己努力的结果。她有她的资源，她是名校的金牌老师，很受学生家长的欢迎，好多家长都成了她的闺蜜。她给他们群发短信：最近有一款保健产品我吃了很不错的，每盒三百，需要的跟我报名。这样，她一下子就成了我爸、我妈、我叔四个人中销售业绩最好的。怪不得她让我找女朋友要找老师，除了方便教育孩子之外，还有很广的人脉，以备不时之需。

我叔是两面派，在外人面前为了显示自己独立思考不跟风，凡是我婶反对的他就拥护，但私下里，我婶婶说什么就是什么，这次也不例外。他说，顾静和李晓，我觉得挺般配的，这不是钱不钱的问题，李晓也不小了，好不容易看上一个人，我们就要支持他。顾静不错的，身体健康、有事业心，不错的，很不错的。

像我叔叔这样动不动就说不错的、很不错的人，他的意见一般都不被别人所重视，事实上，刚出我家的门，他就跟我婶说，生意场上的女人，信不得的，女人啊，太过于要强，什么事都想拿主意，很容易制造家庭矛盾，我婶只是轻轻地瞟了他一眼，他就禁声了。

我跟顾静谈恋爱，我爸爸心里面挺高兴，一方面，我也算是个大龄青年，一直都没有女朋友，现在终于处了一个，不管我的女朋友是谁，是顾静还是贾静还是莫静，他都很高兴。他说，年轻人的事情，我们也管不了了。现在年轻人独身的那么多，成一对算一对吧。

我爸还挺忧国忧民，什么成一对算一对，我找女朋友，他把这事上升到解决国家难题的高度。

我爸说，我没意见。

我妈呢，现在就对销售马特葛雷莎感兴趣。不光对自己销售的那一份感兴趣，也对我爸爸、我叔叔、我婶婶销售的情况感兴趣，我估计她私下都在跟他们较劲，进行劳动竞赛。她这一辈子，自从嫁给我爸爸，一直都是被骂着熬过来的，退休之后我爸爸性格大变样，她受宠若惊，从此过上风和日丽、夫唱妻随的日子，人也开朗了很多。

我妈妈说，我也没意见。

我心疼我妈妈，我从来没见过她生气。我婶见我爸我妈这个样子，说，你们都这种态度还找我来商量什么，直接告诉我你们同意就得了。知道我不同意他们两个交往，他们以后会给我好脸色？你们唱红脸，让我来唱黑脸。

我叔说，以后你不要第一个发言。一般第一个讲话都是吃亏的。

这是事后我叔叔对我说的。我叔叔说，三比一，我们支持你。我说叔叔，是二比二吧。他不好意思地笑了。

我身上有一种不好的东西，比如说怯懦，我在单位的时候，很少卷入人事纷争，被看成一个老好人，跟谁都客气，跟谁都不亲，不去打搅别人，也不喜欢别人来打搅我，遇到事情，跟自己有关的也好无关的也好，先紧张再说。比如，有一次，一个同事的手提电脑在办公室突然就找不到了，本来如果是别人的话，不是他拿的他就会内心坦然，不会有什么不正常的反应。我不一样，当知道同事的电脑找不到的时候，我一下子就发抖，感觉所有的人会认为是我拿的，脸色煞白。最后手提电脑找到的时候我才如释重负，心里想如果找不到的话，我真的不知道该怎么办。单位的人看见我跟谁都不计较，都说小李不错，小李心胸开阔。只有我一个人明白，这不是什么心胸开阔，这是怯懦。

这些年我都干了些什么呀，都没好好谈过一次恋爱。

我很羡慕那些从小就有暗恋对象的朋友，那么小就有自己喜欢的人。

小时候，我的同学很多都有喜欢的异性，不是喜欢同学就是喜欢老师，我谁都不喜欢，每当伙伴们谈论男人女人的话题，我就躲到一边。所以在班上我基本没什么朋友。

后来在大学里，倒是喜欢上一个人了，不是同学也不是老师，而是一个外国明星，苏菲·玛索。当时我觉得，全世界就是她一个人美，其他的女人都不美。除了美之外，还很安全，她满世界去拍电影，反正也够不着，反正随便怎么喜欢，都不会有很琐碎的事情发生。

我想，在谈恋爱这件事情上面，怯懦的人其实是最不能面对现实的一类，其实是最害怕受伤害的一类，所以不知不觉间，干脆喜欢像苏菲·玛索那样的大美女。

很多同学都关心我有没有女朋友的事情，每隔一段会来问我，到底看上谁了，怎么一点都不着急。

我说，着什么急呀，那时候“打酱油”这个词还没有火起来，我说，我是来看热闹的。一般怯懦的人都喜欢看热闹，比如，他们在聊他们怎么跟女朋友交往的情况，我假装拿着一本书看，其实是竖着耳朵听：

老八，我们宿舍最早公布自己谈恋爱的舍友，每到晚上，他就膨胀起来，在他的话题里，自己变身这所文科大学超级无敌的大情圣，什么校花喜欢他，系花也喜欢他，班花还喜欢他，她们对他的追求令他手忙脚乱，他是选班花呢还是选系花呢还是选校花，他都为这个烦死了，一听就是吹牛皮。老八是个敏感的人，只要女同学不小心看了他一眼，他就认为人家喜欢他。他讲得津津有味，我们也听得欢天喜地。突然有一天，他被人打了。有人把我们宿舍里面晚上聊天的内容拿出去说了，校花的男朋友邱万里和校花两个人捂着肚子笑了半天，然后什么事都没有发生；班花的男朋友任丰泉是外语系的，不敢问班花，也不敢找老八，而是问了好多我们班上的同学，当得知那只是一个牛皮之后，说了声真是莫名其妙，你们班的人素质很低呀，头也不回地走了；只有系花的男朋友胡恩咽不下这口气，他爸是搞房地产的，家里有钱。是胡恩找人打的老八，他为什么要找人来打老八，不是因为吃醋，系花根本就瞧不上老八，这个胡恩也知道，胡恩是觉得自己无缘无故就跟老八联系到一起，自己什么人老八什么人，两个人无缘无故被扯到一起，那是对他莫大的侮辱，他解释都懒得解释，直接打。那天晚上，老八的嘴唇肿得像猪八戒，他身上带着胡恩扔给他的三千块医药费，回到宿舍倒头便睡。从此之后，我的耳边再也没有老八的恋爱传奇。

很多时候，看着躺在床上、沉默不语的老八，我很想走过去跟他说，老八，跟我一起喜欢苏菲·玛索吧。

喜欢苏菲·玛索的日子，干净、安全，还不花什么钱。一直到大学毕业，这个女人都一直伴着我。

离开学校的前一天，我正在收拾东西，老八把我拉到一边，扶着我的肩膀，说，兄弟，我发了一笔小财，要毕业了，我带你去开眼界。

开什么眼界？

跟我走吧。他拉着我走出寝室，到了你就知道了。他说。我们下楼，走出校园，又上了公交车，只坐了两站路就下车了。我知道他说的开眼界是怎么一回事了。他要带我去嫖娼。这是离学校最近的“红灯区”，这条街我早有耳闻，发廊开了十几家，我们宿舍的人没少谈论过这条街。我知道老八去过。没想到他会带我来。我立刻转身。老八一把拉住我，兄弟，明天我们就要天各一方了，这个面子你得给我。

我说，不不不不，这个玩笑开大了，老八，你这是什么样的面子啊，你怎么想到带我来这儿？

老八说，我请客，李晓。

有这样请客的吗？你还不如请我吃顿饭呢，不不不我请你吃饭，行吗？我说。

这些日子同学之间你请我我请你非常频繁，每天大家都醉醺醺的。

老八不甘心，扯着我要往巷子里走。一边扯一边说，我们宿舍就差你了。

这个老八，他要把舍友都“请”个遍，原来老八用这样的方式来跟室友们告别。看来大家都纷纷响应。平时我跟他们鲜有交流，什么时候老八成了嫖娼的带头大哥我都不知道。

怎么能这样呢，你也太……隆重了吧。我不知道怎么评价。只能这么说。

一点心意，笑纳啊李晓，你不要客气。他说。他满脸的诚意，就像一定要我去他家做客一样，一点都不猥琐，一点都不像要去做什么见不得人的事。

我说不行，你的心意领了，这个事情我接受不了，这不是客气不客气的问题。

确实是这样，一接近这条街道，我的胸口就发紧，像随时被抓一样。

老八说，就是你最难请。老七比你胆小吧，我都不用说话，一个眼神他就跟我来了。

老七跟我一样，只不过我的怯懦没有表现出来，他是随时随地都表现出来，那一次，其实他是知道胡恩要找人来打老八的，他没敢告诉老八。也不敢告诉老大老二老三老四老五老六。他们一共有八兄弟，农村出来的学生喜欢结拜成兄弟，但是当兄弟，老七明显不够格。老八被打那天他就在现场，人家还没出手他就跑了。后来八兄弟也曾想去复仇，最后没有下文。他们都怕胡恩。

后来同学聚会的时候，他们对这件事情作了一次复盘：

老七

他知道老八已经带了老大去了发廊。说是老大，也没什么特殊的保护兄弟的本领，就是八个人中他年纪最大。谁年纪最大谁当老大，天下最老实最没有攻击性的一帮兄弟就在我们宿舍。老七问老八，你为什么一个一个单独带去，要请干脆一次请算了，就像请吃饭那样，一桌全搞掂，也显得热闹。

老八说，万一碰到扫黄，所有兄弟全军覆没，那就惨了。于是老七就等，终于等来了老八的一个眼神。

老七胆子小，越靠近发廊一条街，他说话越是大声，一副慷慨激昂满不在乎的样子。这个老七，他平时就是靠大声说话来壮胆的。而且一说话就配以笑脸，只要没有发生什么事情，他的声音永远都飘在身体的正前方。但是如果有什么事情要他出头，他立马禁声并且找机会开溜。发廊一条街其实很整洁，所有的门面都是统一的风格，雕梁画栋、古里古气，老七一面走一面夸奖这些仿古的门脸，他装出正在逛一条正常的街道那样轻松惬意，来掩盖内心的害怕和兴奋，跟街道上那些一闪而过的人形成鲜明的对比。这种风格，应该是唐朝的吧，你看梁子上的那些条纹，有西域的风格，只有唐朝，才有这么好看的线条。他说。

老八说，你就不要糟蹋唐朝了，那些线条都是工人们随手画上去的，哪有那么讲究，你少废话，你觉得哪一家合适你就进去。

老七说，这里你比较熟悉，你说哪一家就是哪一家。反正我就跟在你后面。

老八说，我怎么知道你喜欢什么样的人。你要一家一家进去看，有喜欢的就留下来。

这下老七就紧张了，老八，我是第一次来这里，面对那些姑娘，我不知道该说些什么，你帮我壮壮胆，你说是谁就是谁，我不挑的。

老八说不行，你自己挑，我在外面等你，帮你站岗放哨。

老七说，你不进去啊？那我也不进去。

老八说得省点钱当回家的路费，你不进去也好，给我省钱了，你别怪我不带你来啊。是你不敢进去的。

老七舍不得就这样离开。他说，你不要跑了，你跑了我可就惨了。

老八说你以为我是你，我要等着帮你付钱呢。你自己一家一家看，如果有中意的，你就出来冲我招招手，我就过去。

老七进了巷子最靠里的那一家发廊，进去之后，看见只有一个女人，她年纪有点大，但是打扮很新潮，紧身衣超短裙，很浓的妆。老七还是第一次见到这样的女子，心中一下子就没有了主张。他以为会有七八个姑娘让他来选，他以为自己会在选谁的问题上犯难，没想到这么冷清。

老七朝女人点了点头。等着她过来献殷勤，在他心中，顾客就是上帝这样的口号只有这样的地方才实现得了，其他地方都是说说而已。女人看老七的的眼光有点居高临下，根本就没有把他当上帝。她眼神里有不屑一顾的意味。

后来那个女人对老七说，你是今天进来的第五个客人，前四个一见到我扭头就走了。我以为你也跟他们一样。

老七是新手，一般在这种场合，新手碰上谁就是谁。碰到这么不热情的女人他也就认了。他极不自然，想用他的大嗓门乱说一气，来掩盖他的虚弱，但是他马上意识到这里不是他大声说话的场所。耻辱感一下子涌了上来，他觉得这个世界，嫖个娼都是那么不容易。他硬着头皮坐在沙发上，装着很老练的样子，对女人招手，来，洗头，理发。老七嫖娼的愿望依然非常强烈，他铁了心想看看这个女人怎么帮他实现这个愿望。

女人懒洋洋地走近他，哗地一声抖开一张红色的围巾，给老七围上。

老七心一惊，洗头、理发，他以为自己说的是暗号，没想到这女的根本不想跟他接头，真把他当成来这里理发的后生哥。这下他该怎么办，头发一个星期前刚刚剪。

老七的思绪还在翻飞，叭的一声，女人按了椅子上的一个机关，他坐的椅子马上被放平，老七直挺挺躺在女人的眼皮底下。女人拖过一个带轮子的脸盆架，吱啦吱啦，轮子锈得厉害，声音很吓人。脸盆里的水还冒着热气，不知道这个女人什么时候放的热水，她好像事先已经知道，老七这个冤大头很快就要走进来一样。

老七仰着头，像一个演员被安排错了角色那样，心有不甘，他之所以不敢讨价还价是因为自己不够强大，怕自己一出声连出演这样角色的机会都失去了。他眼睛睁得很大，毕竟那女的穿着很暴露。第一次倒着看一个女人，老七的感觉很特别：女人的下巴变成了额头，女人半张着嘴，牙齿上下错位，成了地包天，她鼻孔朝上，两只眼珠白多黑少，随时都要滴下来。大概女人觉得老七的眼中有不正常的内容，手里的毛巾沾上热水，轻轻一提，水就流进老七的眼里，老七不得不紧闭双眼。辣，辣。他说。

接下来他一头的泡沫，这个环节还行，一双手在他头上搓，轻轻柔柔，把刚才那个丑女的形象搓没了。

你说，怎么剪。女人说话。这个时候，老七已经坐直。我适合剪什么样的发型。他说。那个时候，年轻人已经不怎么喜欢留长头发，不管是黑社会还是老板还是官员，都喜欢留板寸，老七前些天剪头发，本来也想留个板寸，但是他的头发细、稀，留板寸的话头发肯定竖不起来，不像黑社会不像老板更不像官员，像电影里的汉奸，所以他的发型不长不短，一点都没有要拥抱新生活的样子。

女人递过来一本介绍发型的书，书很新，还散发着油墨的味道。老七胡乱翻了一下，书里的那些人一个个浓眉大眼，他们留什么样的发型都好看，再说老七的重点不在剪头发上面，他是阴差阳错被摁在这里。他把书递回给女人，说，你看着办吧，怎么理都行。他有一个破罐破摔的念头，如果这女人把自己的发型理坏了，他大不了剃一个光头。

女人说，那我开始剪了。老七在镜子里看见女人笨拙地拿着梳子和剪刀，兴致勃勃又无从下手。她看看左手的梳子，又看看右手的剪刀。梳子先动。梳子把老七所有的头发梳了一遍，然后嘎吱，第一剪就剪掉了太阳穴上面的头发，很厚的一块。哎呀，她叫了一声。我的手重了。她说。她左手的梳子急急地去抹，怎么抹都抹不平。老七看见自己太阳穴接近耳朵那里凹下去一大块，像被钝刀锯了一下，非常难看。这下老七醒悟过来，这个女人，她从来没给人剪过头发，今天她是拿自己当试验品了。她为什么要这样?

不好意思，我是第一次给人理头发。女人说。她露出笑脸，有些得意的成分，有些谁叫你撞枪口的成分。

这时候老七原先的紧张和害怕反而少了很多，因为剃光头是他的底线，让这个女人在他头上七剪八剪，最后拿推子一推，什么发型不发型的，没有发型就是最好的发型。做什么事都要付出代价，也不亏。这样一想，他觉得他和这个女人亲近了不少。

剪吧，你大胆地剪吧。

女人说，帅哥，你让我好好练，你不会吃亏的。女人贴他贴得很近，呼吸都在老七的耳边，痒痒的。女人有意或者无意一点都不重要，重要的是老七觉得这样很舒服。老七以前剪头发，从来没有这样的待遇。老七以前剪头发，如果遇上男理发师，他们三下五除二，变魔术一样就把他给打发了，20分钟不到；如果遇上女理发师，她们两只手像被拉长一样，吊在他的头顶，每每这个时候，老七就想到钓鱼，被钓的鱼根本看不见钓鱼的人长什么模样。怎么会这样？因为老七汗腺太发达了，他体味很重，所有的理发师，不管是男理发师还是女理发师都受不了。

只有这个女人不嫌弃。

老七说，剪吧，你大胆地剪吧。

女人除了第一剪有点冒失，接下来中规中矩，小心翼翼，左边右边前额后脑勺，每一处至少剪20分钟。终于剪完，老七满头的坑坑洼洼，像被老鼠啃过。她把一个大学生，剪成一个疯子。

两个人对着镜子里难看的发型，哈哈哈哈笑了起来，女人笑得弯下腰；老七笑得眼泪都出来了，好像镜子里的那颗头是别人的一样。

笑毕，女人说哎呀，怎么会剪成这样，我也没想到会剪成这样，我已经很小心了。

老七说，你这是跟谁学的，一看就是没有师傅教，你想自学成才是不是。

女人说，我才不要师傅教呢，不是剪头发吗，有什么难的，有什么好学的。

老七觉得她的话有赌气的成分。老七他们学校边上有很多职业培训机构，美容美发是主要的专业，那些学美发的学员，最起码手边都有一个模具供他们洗剪吹。而且他们互为对方的模特。这个女人什么都没有。老七想，女人肯定是认为自己这么大的年纪，重新去学一门手艺，面子上抹不开，她是想借老七的头，闯一条自己的路。

是，没什么好学的，搞不好我这发型，会变成潮流。你能剪好的，万事开头难，对了，你今天可是开了——头了。老七说。

女人摸了摸老七的头，这头开的，你敢出去走走吗?

敢啊，怎么不敢。老七说。老七觉得女人可怜，本来他想恳求她用电推子把自己剃成个光头。但是他想，如果这样的话，女人会很失望，觉得这头算白剪了。这么一想，他就不想变成光头了，他得把这个发型保持下去了，反正十天半月的，还会长出来。老七站起来拿起梳子在头上梳来梳去，一副不离不弃的模样。

女人过来贴住他。手摩挲他的头发。走，我为你洗头。洗头是行话。女人这时候才真正跟他接上头。女人把老七带到发廊里面的房间。

半个小时之后，女人说，小兄弟，告诉你吧，从今天起我不接客了，要接也接不动了，我准备到郊区去开一家真正的理发店。到时你要来啊。

老七说，我会带很多人去捧场。你信不信。

女人说你凭什么帮我啊，姐姐我男人见多了，刚刚跟你睡觉，你脑子还发热，等你清醒了再说吧。

女人又说，我不欠你的啦，你的头我不能白剪，你也没有白跟我睡觉，我们两清了。下次要碰到其他人，我还得掏钱给他们让我练手，我不陪人睡觉了。对了，你可以帮我介绍人过来，剪一个头，我给十块。

老七突然想到门外边还有一个等着帮他付钱的老八，趁现在自己头脑发热，把老八也叫进来，让这个女人练练手。

老七说，你等一等，我去帮你找个人来练一练。没等女人反应他就顶着一个难看的发型冲了出去。

老八坐在巷子口小卖部的太阳伞下，拿着一瓶可乐，可乐已经见底。老七来到他的面前，把他吓了一跳。

你你你你你。老八说。怎么变成这样，哈哈哈哈，你是真剪头发去了，怪不得我等半天也不见你出来跟我招手，原来是剪头发去了。怎么这么难看，是被一群姑娘绑起来糟蹋的吧。哎呀真是的。怎么这样。

老七红着脸说，老八，我跟你说，我碰到奇怪的事情了。

老八说，是不是碰上老乡，老乡见老乡，免费打了一枪。

老七把自己在店里的经历跟老八说了。

老八愣了一下，说，那你帮我省钱了，走吧我们。老七还想坚持让老八去给女人练手，老八说，天底下就他妈你最傻，还不赶紧走。老八拉着老七飞快地离开小巷，老七以为那女的会走出门来盼着他带人进去，他三步一回头，一直走到巷子口，那女的都没有出来。

回来后，弟兄们各奔东西，老七留在侬城卖保险，一开始他就寂寞难耐，十几天后就想再去小巷找女人，但是他又没有什么理由，只好等自己的头发长出来。一个多月后，老七又跑到小巷里面找那个女人，这回里面很热闹，除了上次给他剪头发的女人，还有其他三个，她们跟他打招呼，都想把他当自己的“客人”，老七说我是来剪头发的，一屁股坐到理发椅上，其他三个女人都笑了，说，徐姐很有魅力啊。女人露出笑容，一摁机关，老七就横在她的眼前，吱啦吱啦，那个铁架子又被女人拖到老七头边，这一回她没有准备好热水，她到墙边提热水瓶，倒在盆里，水蒸气熏着老七，接着女人往盆里加冷水，她用手探了探水温，才放心拿毛巾往老七的头上浇水，老七闭眼，没有看她，任她在自己的头上揉。洗好头，老七坐好，心想这回女人的手艺应该有长进了吧。这一回，女人手中的剪刀动得很快，好像终于碰到一个让她彻底放开手脚的顾客，她在老七头上剪个不停，地板上很快就围了一圈头发。但是，除了比上次快一点之外，女人的手艺丝毫没有进步。老七的发型跟上次一模一样。其他三个女人在一边张开嘴巴哈哈哈大笑。女人一脸的窘迫，拿梳子不停地梳，想给老七梳出一个好发型，她说，哎呀，这两个月只有两个顾客，第一个是你，第二个还是你。老七看着镜中自己的发型，确实很难看，难看是难看，但是有了上一次，他也就觉得这一切都很正常。老七说，比上次好，比上次好。女人说，真的吗。老七说真的。女人就把他牵到房间里。

上次他们没说话，这回说话了。

女人说，是想我才来的吧，是想我才让我把头剪成这样吧。

老七没有直接回答，他说，这一个月没人来找你……洗头吗？洗头是行话。

有啊，但是我不干了。女人说。

老七又说，这个月真的没有人愿意让你剪头发吗？

女人说，没有，刚才不是说了吗，到现在只有两个，都是你。

老七说，是因为我愿意拿头给你练手，你才让我“洗头”？

女人说是的。也不完全是，也有让我剪头发但要我跟他们睡觉的，我没有答应。你这个小家伙，还是蛮招人喜欢的。光让我剪头发不行，还得招人喜欢；光招人喜欢也不行，还得让我剪头发。

老七有一些虚荣，第一次听一个女人说他招人喜欢，这样的话还是很受用。上个月他坐在这里，确实源自嫖娼的冲动，自己的发型在这种冲动面前确实是小菜一碟。这一次来，有一点改变，他迷恋女人在他满是泡沫的头上揉来揉去，还有，剪刀剪断头发时的酥麻也让他很享受，当然是上次回去隔些日子后，他慢慢回味才有的感觉。这一次来，真的是有点想她了。是想一个人时的那种想。

女人说，其实我也可以出钱交学费去美容美发学校学，唉，混在一群小年轻里面，我不愿意。还有，我也不想学什么高难度的技术，烫发、染发我想学也学不会，我想简单点，一把剪刀一把梳子，最多加一把电动推子。

老七说，够了，这几样工具够了，现在大多数人剪头发都是越普通越好。

女人说，我也完全可以厚着脸皮到某个小区里面，挂牌免费给老人剪，边剪边练，就像学雷锋做好事那样把技术练好，那更不行，我把你的头发剪坏了你没什么意见，老人们肯定会受不了。

老七说，是的，很多老人，还是很讲究自己的发型，剪坏了，他会跟你拼命。

女人说，我的那些小妹妹倒是很想帮我，一有客人来，她们就嚷着在客人们给她们的钱里面，减二十块钱，让他们坐在我的理发凳上，让我练练手艺。

老七说，她们真是好心啊。

女人说，可不是吗。但是，客人没有一个人愿意，想想也是，人家是来干什么的呀，凭什么坐在你的理发凳上。

老七叹气，唉，这个世界，求人办事真难啊。

两个人就这么聊着。老七最后说。我下个月还来。

女人拿手在他脸上抹了抹。说，来不来都无所谓。

第三个月，老七又一次跑到小巷里面去，那间发廊换了一拨女人，老七一进到里面就被缠住了，差点脱不了身。那个叫徐姐的女人自然也就见不到了。

半年后，有一天，老七正在跟客人推销保险，手机响了，接到一个女人的电话，女人一开口，他就意识到，是徐姐。

徐姐说她的发廊明天开业了，地点在郊区三塘镇，明天请他早一点过去，她要给他剪头发。这段时间，老七保险卖得很窝心，业绩怎么都上不去，经常挨组长训，听到徐姐的声音，他就想起自己坐在徐姐的椅子上，被温柔对待的情形。他一下子就来了精神。

第二天一早，他坐上公车赶往三塘镇。

三塘以前产煤，因为离城中心较近，政府决定不再开采这里的煤炭，转型搞生态农业和加工业，吸引了很多人在那里居住。老七刚毕业那会儿，还打算在那里租房子。后来考虑到卖保险没日没夜的不方便，就跟几个老乡在城东合租了一个三居室。

老七下车，顺着徐姐昨天跟他说的路，慢慢寻过去，路越来越窄，房子越来越密，沿着一条巷子，终于看见一间低矮的门脸，门脸前面铺了一层薄薄的鞭炮屑。老七踩着鞭炮屑走进发廊。里面只有徐姐一个人，已经是很陌生的一个人了，不化妆，扎着一个马尾，一身宽松的工作装，见到老七，她说，你来了，就等着你来呢。

老七成为徐姐改行之后第一个真正意义上的客人。

老七坐在椅子上，徐姐拿起剪子要给他剪头。老七说，哎，怎么不先洗头。由于“洗头”是行话，在徐姐面前说“洗头”这样的话，老七有点不好意思。

女人说，剪完再洗。半年不见，她的手艺熟练多了。老七说，这半年你上哪儿去了?

女人说，我回乡下去了。女人跟他说，回去后，她走村串寨给小孩和老人们剪头发，先是给熟人剪，后来越来越多的人让她剪。

她一面剪一面跟老七讲她在乡下怎么给人剪头发的事。

女人说，我们村的人，都知道我以前在城里是干那个的，都不怎么理我，我也管不了那么多，厚着脸皮，碰到大叔大妈我就凑上去，我来帮你剪头发吧好不好，神经病一样的。开始他们都是躲着我的，有人在背后还朝我吐口水，我管不了那么多。

老七心中一阵悲凉，他似乎看到这个女人在山中对着来人不停地哀求让人给她剪头发的情形，有点像残疾人讨钱，不，应该是尼姑化缘。

老七说，人心都是肉做的，最后你不是也挺过来了。

女人说，是的，人心很多时候是铁打的，但最后还是肉做的。这一点，我体会太深了。你知道在村里第一个让我剪头发的人是谁吗?

是谁？

蔡和尚。他因为信佛，初一十五都要烧香，所以村里人给他起了和尚的外号。要说我们村谁对我最不好，就是这个蔡和尚，他认为我很脏，远远看到我就吐口水，还没少在菩萨面前说我坏话，我家在村口，他走路，宁可绕着走都不肯从我家门前经过，你说现在都什么时候了还有这样的人啊。我绝望得很。后来他死了，她老婆来找我，跟我说，我家和尚，一辈子做好事、念经、吃斋，就是对待你他做得不对，我虽然不信佛，但是我想佛如果住在我们村肯定不会像和尚那样，现在他死了，我想让他弥补弥补自己的过错，你不是一直想给人剪头发吗，如果你不嫌弃，你去给他剪吧。她老婆确实是个大好人，平时看不出来，平时也跟他们一样躲着我，大概她认为这是最后的机会，让和尚最后做一件好事，要不他埋到土里后就再也没有弥补的机会了。

给一个死人剪头发，你不害怕吗？老七问。

有什么好害怕的，我带上剪刀梳子，在蔡和尚裹上白布之前赶到他家，他老婆扶着他的头，说，你放心剪吧。他的头发粗、乱，剪起来声音很响，像剪草一样。我还给他刮胡子，我以前从来没有用过剃刀，用剃刀时手有点抖，在他脸上划了一道小口，血沁出来了，她老婆也没有怪我，一个人死了几个小时，血都还是活的。从那时起，村子里谁家死了人，就叫我去给死人剪头发。就这样，先是死人，后来是活人，我学会了剪头发，你看看，不比别人差吧。

女人停下来，让老七看看自己的发型。有模有样。老七说，不错，不错。

说实话，老七进来的时候还有一股子嫖娼的冲动，进门的时候，身体极不自然，好像自己是来做坏事的，但是当他坐在椅子上，一张洁白的、还散发着布香的围巾绑在自己的脖子上，嘎吱嘎吱，自己的头发从眼前滑落，头皮很舒服地麻着，女人对着镜子里的他笑，不停地跟他说话。他就老老实实把自己当成是来剪头发的客人。或者是这个女理发师的弟弟。

剪完头发，女人把老七叫到一个热水器下面，热水器下面装了个洗脸池，她拉来一张电脑椅，老七坐在上面，弯下腰低下头，花洒对准他的头喷，一团热气包围着两个人。最后，女人拿着吹风筒吹他湿漉漉的头发。刚才剪头发时两个人说话，现在吹风筒的声音响起来，满屋生动。老七清清爽爽。老七对着镜子照了照，还真像回事，土是土点，但是告别了“老鼠啃”式的发型，理发师终于修成正果。

老七还犹豫着要不要马上就走，一个男人的本能，使他多多少少还期盼女人跟以前一样带他去“洗头”，这时候有客人进来了，女人招呼客人，开始忙生意。老七也不好久待，对女人说，你忙吧，我先回去了。女人停下来，送他到门口，低声对他说，赶紧找女朋友，不要太贪哦，注意你的小身板哦。这个时候她才露出一丝妖艳之气。

那个时候老七的故事我还没有了解。胆小的老七、胆小的老大、胆小的老二、胆小的老三、胆小的老四、胆小的老五、胆小的老六——这一帮胆小的兄弟都被突发奇想的老八请去嫖娼，这是这帮兄弟有生以来第一次最肆无忌惮的行动。后来，胆小的我也走在嫖娼的路上。我是非常不情愿，因为我觉得，我跟这一群胆小的兄弟不一样。我有苏菲·玛索，他们没有，我总觉得苏菲·玛索在不远的地方看我。

我说什么都要往后撤。已经到了生气的地步。

老七说，他们说得不错，你瞧不起我们这些从乡下来的兄弟。

这么一说我停了下来。

原来老八请我来嫖娼是为了试探我这个城里面的小孩是不是跟他们一条心。说实话，平时我都是一个人独往独来，跟所有的人都不想深交，有的只是客气和礼貌，不想欠人人情，身上有一种对什么都提不起兴趣的懒散。但是你要说我瞧不起谁，我还真的没有。我也从来不去考虑城市和农村割裂这样让人费脑筋的问题。农村来的人也不是一个个都苦大仇深，城里面的同学也不是每一个都优越得流油。我最讨厌站队，什么人以类聚物以群分，一上来就想着谁是我们的敌人谁是我们的朋友，这不是有病吗，这不是新的唯成分论吗。都是在同一个校园里生活，都是上课吃饭睡觉。我没感觉得出大家有什么差别，如果有的话，就是农村来的同学喜欢抱团，而且学习成绩很好，我们班前三名都是农村来的。

这都不关我的事。我想想我四年来的校园生活，最引以为自豪的是，我始终没有“知心”的朋友。在即将安全着陆的时候，杀出一个老八，要请我去嫖娼。

老八，你这样说就不够意思了。老八，你是不是认为这个世界上只有两种人，一种是瞧得上你的，一种是瞧不上你的？我说。老八，你有什么理由说我瞧不上你？

老八语塞，眼神慌乱，像一个急于要举证别人又拿不到铁证的证人。我我我，我开玩笑了，你不要往心里去。他说。一边说一边拍我的肩膀。我知道他心里面未必这样想。一个人怎么可以没有朋友？在他看来，大概我平时的礼貌和客气对他们也算是一种冒犯，只要不跟他们吆五喝六、拍胸脯说狠话，就是对他们有看法，就是傲慢。他们连吃个早餐都要等八个人聚齐才一起开往饭堂。我突然感觉到我嫖不嫖娼今天对他很重要。他请他的兄弟们去玩是兄弟情深，请我去玩，是想突破一道藩篱，是想讨好我。这道藩篱在我这里并不存在，我平时不跟他们一起玩是性格使然，跟出身一点关系都没有。我觉得他有点可怜，他来巴结我，或者讨好我，是需要鼓起多么大的勇气之后才这样。估计老大老二老三老四老五老六老七，都在等着他成功的喜讯。不过话又说回来，可能也是我多虑了。嫖个娼还弄得那么复杂，上升到阶级矛盾的层面。大概老八就是一片好心，在离校之前，让我记住他，我曾有他这么一个来自农村的非常大方的同学。

老八说，李晓，虽然平时我们话不大多，但是我一直认你这个兄弟。是不是兄弟，就看你今天给不给我面子，我们是兄弟，就不要说什么瞧得起瞧不起的好吗，就算陪我去玩一玩。他把我当老九了。

我还是哭笑不得。我说，非得这样吗？吃吃饭也挺好呀。

那不一样，我想把你当成一起患难的兄弟，你平时也不喜欢喝酒、打牌，连女朋友也懒得交，想来想去，也只有这样招待你了。

老八很诚恳，他握着我的手，我都感觉到他的手在抖。在我印象里面，他一直都没有这样的表情。平时他油腔滑调，什么话经他的嘴里说出来都透出一种假，这也是我不大喜欢他们这群兄弟的原因。我突然觉得这才是真实的老八，平时他的那种夸张做作其实只是他的一层保护剂。现在的他才是真实的，或者说至少他还有诚恳的这一面，这一面在嫖娼的路上展现出来了。我的心动了一下。

老八这时候掏出一张广告纸，慢慢打开。苏菲·玛索。

什么意思。我冷冷地看他。

老八说，我知道你喜欢她，法国大美人。李晓，你喜欢的人太高端了。小学的时候我喜欢我们的体育老师，因为上课的时候老师穿着运动装，很丰满；中学的时候喜欢英语老师，英语老师说英语，好像外国人一样；现在我喜欢我们镇上的马寡妇，马寡妇有钱。你看，到现在为止，我喜欢的人从来不超出我们镇。老八又油起来了，想到他在学校里自己给自己虚构的那些恋爱故事，我觉得他挺不容易的，他是跟什么人，说什么话。脑子里总是装着有关自己的让人啼笑皆非的线索。

我的秘密一下子被他知晓。我装着满不在乎的样子，说，这很正常啊，我就是喜欢看苏菲·玛索演的电影。

老八说，知道今天为什么请你来这里吗？

你为什么请我来？你请我来这里跟苏菲·玛索有什么关系？

巷子里面，有一家发廊，里面有一个姑娘，长得太像苏菲·玛索了。老八说。

什么？

里面有一个姑娘，长得太像苏菲·玛索了。老八又说了一遍。

哈哈哈哈哈，我笑了起来。你是因为这个才请我来的呀。我说。

老八说是呀，我告诉你，不知道为什么，我见到她的时候，我就想到你。我之前也不知道你喜欢苏菲·玛索，就连苏菲·玛索是谁我都不知道，是上次我带老六来的时候，我告诉老六，不知道为什么，我看到这个姑娘的时候就想起李晓。老六就说，奇了怪了，你怎么知道李晓喜欢苏菲·玛索，这个姑娘长得真的像苏菲·玛索。我也觉得奇怪，我心里想，怎么着也要让你来见一见她，这年头，长得像偶像的姑娘在这样的场合中出现，可不太多哦。

他们八兄弟中老六喜欢看电影，我们曾聊过一些关于法国电影的话题，他是个聪明人，聊着聊着就知道我喜欢苏菲·玛索。

现在老八拿她来诱惑我走进这个小巷。

看来他今天非要让我去见我的偶像不可了。我根本就不相信世界上还有另外一个女人长得像她。苏菲·玛索，1966年11月17日出生于巴黎，14岁的时候身高170厘米，主演电影《初吻》一举成名，但是这个电影我不大喜欢，如果打那以后她不演电影，我喜欢的女人我还真不知道会是谁，后来她演了《芳芳》《豪情玫瑰》《勇敢的心》《安娜·卡列尼娜》《路易十四的情妇》《枕边男人》，就是这些电影，让我彻底地迷上她。

我看一看就走，好不好。我对老八说。

老八说好啊，我怕你见到她后就迷上她了，那个苏菲·玛索太远，你想一想就可以了，这个苏菲·玛索比较近，随便你怎么都行。他搂着我的肩膀往小巷深处走。

小发廊

发廊的名字起得很怪：7度发廊。我琢磨这个名字的含义，在门口犹豫了一下，就被一个女人拉了进去。

里面笑成一团。香艳得很。这种场景我在电影里见过，只不过电影的光线太充足，不管女人长得怎么样，都显得光彩夺目。7度发廊暗了好多，这里面的姑娘只能靠自身的条件来征服男人，除此之外别无他法。因此这里的故事比电影真实。

我站在老八身边，眼睛扫了一遍。老八一副成竹在胸的样子，似乎在等着我把苏菲·玛索从这群姑娘中认出来。

但是她们都长得差不多。

我还没有把苏菲·玛索认出来，就有人开始“认”出我来了。

杨哥。

有一个姑娘喊。

我以为她叫老八，我以为老八来这里后把自己叫作杨哥。但是她分明又在看着我。

杨哥。

她把我当成姓杨的哥哥？

我怎么成为你的哥哥啦？我说，我不认识你。

不是哥哥的哥，是金戈铁马的戈。杨戈。你就是杨戈。

好家伙，我来找苏菲·玛索，无意中，却给她们送来一个“杨戈”。

杨戈，你不要不好意思嘛，你不要不承认嘛，我都差点上电视去找你了。

我一头雾水，一时不知道怎么才好，从她的口气听起来，这个杨戈做了好事不留名。姑娘的目光带着惊喜，这种惊喜令我感到害怕。

我不是杨戈，你认错人了，我叫李晓。

老八拉了我一下，意思是不要把自己真实的名字告诉她们。说了就说了吧，反正她们也不会相信李晓就是我的真名。

你不要不承认啊。姑娘急了。杨戈，她说，那天下大雨，你穿着雨衣……

我打断她，你认错人了，我叫李晓，不是杨戈。

老八又狠狠地扯了我一下，对对对，他就是杨戈。他一边对那姑娘说，一边朝我挤眼睛。意思是赶紧承认自己是杨戈。

我瞬间明白，那个姑娘脑子有问题，这下我更加害怕了。我我我，我竟一时语塞。

那姑娘哭了起来。他不是杨戈。她说。一张脸很快就湿了。

其他几个姑娘围上去，七嘴八舌安慰她，他就是杨戈。坏人一般都不承认自己是坏人。好人一般都不承认自己是好人。他来这里是想看看你，是吧杨戈。杨戈你跟她聊一聊吧。

什么坏人、好人的，那个杨戈到底是坏人还是好人？我害怕，我想马上就出去，被她缠上可不是什么好事。这里根本就没有一个长得像苏菲·玛索的姑娘。

我低声说，我们走吧。

老八说待一下就走，不要紧的，她过一会儿就好的。原来老八早就知道这里有这么一个脑子有问题的姑娘，还把我往这里带，他不会认为这个姑娘长得像苏菲·玛索吧。我有点不高兴。

老八看出我的心思，她不会把你怎么样的，她没有攻击性。她已经好久不来这里了，奇怪，今天她又来了。

那群姑娘还在那里安慰她。那个姑娘说，你们要帮我找到杨戈。她们连声应答，杨戈会来的，他一定会来看你的。

老八说，杨戈在她脑子里面是个好人，她把每一个进到这里的陌生人都当成杨戈。

怎么会这样？我问

有空我再跟你说说她的事。她一直在这里帮她们扫地搞卫生。这帮姑娘人不错，收留了她。前段时间她离开这里，没想到今天她又回来了。

在我的印象里，人们对这一群体有两种看法，一种是生活所迫，忍辱负重，强颜欢笑，很多文艺作品经常把她们当成主角，来显示创作者的同情之心。另一种是好逸恶劳、自私、没有羞耻之心。干什么不好，非得干这个，不就是来钱快吗？前面我也说过，我不喜欢把人归类，虽然不同群体的人都会具有一些不同的特性，但是所谓的“类聚”这个框，真的不是能把所有的人装进去。还是平常心吧，对我来说，没有什么群体，有的只是个人。这就是我不喜欢扎堆的原因。

她把每一个来到这里的人当杨戈，而杨戈是个好人。这真是一件奇怪的事情。远远超出了这里有一个姑娘长得像苏菲·玛索这件事。

来来来，快来跟这个漂亮的姑娘说说话。她们中有人对我说。

我害怕，我想离开，我说，我还有其他事，我先走了。我正要往外走，那个脑子有问题的姑娘突然朝我跑过来，挡在我面前，不停地鞠躬，谢谢你，谢谢你，谢谢你……

把我吓得够呛，几乎躲到老八的身后。老八一点都不紧张，对她说，小池，来，握握手，那姑娘把手伸给他，姑娘摇他的手，谢谢你，谢谢你，姑娘不停地说。

老八转身跟我说，来，你也跟这个漂亮的姑娘握握手。他闪到一边，把我晾给她。

姑娘看着我，眼睛里的泪水还没流干净，她不相信我会把手伸给她，有一些怯。我硬着头皮握她的手，她笑了，谢谢你，谢谢你。她说。

我也说，谢谢你谢谢你。

我拖地去了。她说。她在我眼前消失，很快她又出现了，拿着一把拖把，埋头拖地板，来回拖，好像怎么拖都拖不干净一样。

屋里的人没有打搅她，那些姑娘都把注意力转移到我这里。她们当中，没有一个人长得像苏菲·玛索。我也是一时冲动，来这里看什么苏菲·玛索。万一有公安来扫黄，那就亏大了。不过这个叫小池的姑娘，她好可怜啊。

杨戈。杨戈。杨戈。杨戈……这几个姑娘每人叫我一声杨戈，之后就笑了起来。大概她们看到刚才那个姑娘叫我杨戈时我害怕的样子让她们觉得可笑。

我也觉得刚才自己的表现很可笑，我发窘，让人笑话了，但是她们都很友好，像是在开一个老朋友的玩笑那样。

其他人来这里都是挑小姐，你来这里是想看苏菲·玛索，要不是他，我们还不知道苏菲·玛索是谁呢。她们中有人说。他是指老八。“挑小姐”，她们也根本没有忌讳“小姐”这个词。

你说，我们几个，哪一个长得最像苏菲·玛索？另一个姑娘接着说。

你看看我。一个姑娘跳到我面前。叉着腰，扭了扭头，是模特走秀的模样。

我这时候也是鬼使神差，可能是小池的缘故吧，我突然觉得不忍心说她们不像苏菲·玛索。按照我的性格，一就是一二就是二，不知道恭维，也不知道什么叫客气。我平生第一次说客套话就是在这里说的。我突然间就变得油滑起来了，我突然间就变得不认真起来。不管怎么说，此时我不想说她们不像苏菲·玛索。

我说，嗯，你有点像。

哪里像了？她又摆了一个造型。

我仔细端详，她是鹅蛋脸，薄嘴唇，差点就成为一个美人，但是塌鼻子使她前功尽弃。我只能说她眼睛很像。我说，你眼睛很像。其实她眼睛一点也不像。

这个时候，有一个姑娘突然跳起来，跑到一个抽屉面前，拉开抽屉，掏出一张广告，走过来在摆造型的姑娘旁边打开，是一张苏菲·玛索演路易十四的情妇时的剧照，光彩照人。

塌鼻子的姑娘马上被另外一个姑娘挤掉。

你看我像不像苏菲·玛索？她说。她没有摆造型，而是把脸蛋凑到画报旁边，右手还比了一个胜利的手势。

这个姑娘圆脸，长得胖，稚气未脱，可能是刚来不久吧，衣着还很保守，本来一件“V”字领的衣服，硬是在“V”字二分之一的地方缝上一块布，不像其他姑娘那样暴露自己的身体。

你的身材很像。我说。

姑娘转头看“路易十四的情妇”，很遗憾，“路易十四的情妇”只是半身照，没看出身材。她有点失望，但是她也不恼，很快就露出笑脸走到一边去。杨戈，你骗人，她说。听到又有人叫我杨戈，正在拖地的小池蹿过来，拖把都不舍得放下，就站在“路易十四的情妇”旁边，看着我，好像在等我评价她像不像苏菲·玛索。

我说，你鼻子像。

她又高高兴兴地拖地去了。

举着苏菲·玛索画像的姑娘放下画像，她说，关了灯，谁都一样，什么苏菲·玛索，去你的吧，她一甩，路易十四的情妇就被甩到一边。小池停止拖地，把路易十四的情妇捡起来，叠好。放在茶几上。说，这个要收好。

这张画像是老八拿给她们的，为了把我带到这里，他用了一点心思。这里明明没有一个像苏菲·玛索的姑娘。

老八说，杨戈，苏菲·玛索是我介绍给她们的，她们也非常喜欢这个演员，是吧。老八也叫我杨戈。

另外三个姑娘……我忘了说，连小池一起，屋里面一共有六个姑娘……另外三个姑娘，一个穿红色的裙子，一个穿牛仔短裤白色T恤，还有一个长衣长裤，（后来老八介绍说，一般发廊里长衣长裤的姑娘，都是来了月经，有些性格怪癖的男人喜欢找来月经的姑娘。我听了之后，头皮都麻了。）她们三个异口同声地说，是啊是啊，这个姑娘招男人喜欢，也招女人喜欢。

穿红衣服的姑娘说，但是你够不着呀，还是我们这里的姑娘实在。我不信，你就没有想姑娘的时候？光想她不行吧。她指着被小池叠成方块放在茶几上的苏菲·玛索。

我能跟她说什么呢，关于情欲，我也不能在她们面前说啊。

他对着画报打飞机。穿牛仔短裤白色T恤衫的姑娘说道。

屋里面笑成一团。我真的不是她们的对手。我的面孔发热，刚才她们还在我面前接受我的评判，可是马上，顷刻间我又像个找工作接受面试的学生哥。在一群姑娘面前，被追问自己情欲的出口。

穿长衣长裤的姑娘说得没错，路易十四的情妇，满足了我的性幻想。但是我不能跟她们说。

后来想想，在对待情欲这件事上面，其实我跟老八他们又有什么区别呢。他们可能更加直接更加现实一点，我呢，则假装高人一等，眼角挂在天边，以电影的名义……当然我也不觉得这有什么错。在对待情欲这件事情上，原本就有雅和俗之分吗？后来当上时尚杂志的记者之后，我也去过风月场，当然不像老八当初带我去的那种，环境会好很多，一共去了多少次我也记不得了，印象最深刻的是一个夜晚，我刚刚参加完一场秀，一帮人吃了夜宵，喝了不少酒，夜已经很深，我没有马上回家，而是去了侬城最有名的洗浴中心“转运阁”。那里的姑娘漂亮，那里的姑娘价钱很高。我进去的时候值班的姑娘正在打瞌睡，这个点来客人，她可能也没想到，很快就给我找了一个身材很匀称的姑娘，姑娘漂亮是漂亮，就是太急了，估计又接了什么“活儿”，要“赶场”，一开始就催我快点。因为喝了一些酒，我全力以赴又不紧不慢，一时半刻没有停下来，她就着急了，快点啊快点啊，声音高了起来，像催牲口一样。我以前还没碰到这样的事情，就跟她吵了起来。这也是一件让人羞于启齿的事情，两人一边做爱一边吵架，夫妻肯定不会这样。后来没有完事我就让她走了，想想没有尽兴，觉得很憋屈，就去找值班的姑娘“投诉”。姑娘笑着说她不管这样的事情，这种事情一个愿打一个愿挨。她不这样说还好，她这样说之后我就没完没了了。那时候我也是欲火中烧，我说，好吧，一个愿打一个愿挨，我跟你一个愿打一个愿挨怎么样？她吃惊地看着我。我不是做这行的，我是临时来帮帮忙看店的，过一会儿就走了，我男朋友很快就来接我了。我也是色胆包天，不管不顾，竟给她做起“思想工作”，我说，我知道你不是做这行的，看你的穿着打扮跟她们就不一样，就算陪陪我，就算陪陪我好吗？她笑了起来，我从来没见到像你这样的人，你喝多了吧。我说我真的没喝多，就想找个人陪我，要不然这个晚上我没法过。我去拉她的手。她躲开，说，不要这样不要这样。我说没事的，来吧。如果说这时候她打我一巴掌也许我就清醒了，听见我高声求她，她说你小点声。我说，好好好，我小点声，你陪陪我好吗。没想到她竟犹豫起来，我看见有机可乘，又去拉她的手。她没有挣脱，你要答应我，只是聊聊天。她说。我真是喜出望外，我说好，聊聊天聊聊天。她就跟我去了刚才我跟那个姑娘吵架的房间。进到里面，我为所欲为，开始她也挣扎拒绝，后来就顺从了。她说，我男朋友来了，我得走了。大概她觉得跟我做爱是件羞愧的事情，她用头发遮住脸，不让我再看她的脸。我混乱不堪，太可怕了。这是有生以来，我第一次发现自己的可怕，第一次发现作为一个男人的可怕。这种感觉伴随我好长的时间，后来，这种感觉渐渐减弱，我又觉得自己重新成为一个正常人，感到寂寞的时候，依然到“好运阁”去。只是在“好运阁”，我没有再见到那个姑娘。

回到老八带我去的那个发廊。那时我对自己的情欲严防死守，心中只有苏菲·玛索，没想自己以后应该怎么办。穿长衣长裤的姑娘说，他对着画报打飞机。我的脸一下子就红到耳根。

我给老八使了个眼色，示意我们离开这里。

老八说，杨戈，我没有骗你，这里确实有一个姑娘长得像她。老八也指那张画报。

老八对穿长衣长裤的姑娘说，你们说，小杰长得像不像她。

小杰不像，我倒是觉得我们长得像。穿红裙子的姑娘说。我把小杰找来，你看她像不像。她进到屋里，我以为屋里还藏有一个姑娘，穿红衣服的姑娘走出来拿着一张八寸的照片。看，这就是小杰。她说。

小杰尖下巴，高鼻梁，脸有点窄，头发齐肩，跟苏菲·玛索少女时代的发型差不多。如果按照我刚才敷衍她们的话，小杰也就是发型像。我说，发型不错。

没想到老八急了，杨戈你瞎了吗？你看她多像啊。老八跑去拿叠好的路易十四的情妇的画像，重新打开，把小杰的照片和苏菲·玛索并在一起。你看多像，你看，这眼睛这鼻子，你瞎了吗杨戈，你看，她们是不是长得一模一样。

一模一样？我不知道老八怎么了，非要强调小杰长得像苏菲·玛索。

穿牛仔短裤白色T恤的姑娘一语道破天机，她说，小杰是毛哥的最爱。老八在这个发廊里叫毛哥。她说，小杰回家结婚去了，毛哥爱上她了。

怪不得，老八一定要带我上这来，他是为了让我知道，他经常来找的这个姑娘，就长得跟我的偶像“一模一样”。

他要给我上一课。毕业的最后一课。

我说，一点都不像。满意了吧，老八。说完我走出发廊。

拖地的小池在我身后喊，杨戈，再见！

关于拖地的小池，后来老八说，她家在东北，是个孤儿，从小学起，得到依城一个叫杨戈的人资助，吃饭、穿衣、上学，一直到大学，她一直寻思怎么找到这个恩人，要面谢和报恩，为此竟得了精神病。从此以后，她把所有的男人，都叫杨戈。

九

我未来的妻子，她肯定看不透我的内心。但是我们一样如胶似漆。如果需要替她挡刀，懦弱的我也会上。我认为我能成为一个好丈夫。

遇上顾静是我的福气，反正从此以后我顺风顺水。

我一边开酒吧兼杂货店，一边和顾静一起做需要发展下线才能做下去的生意。我身边的亲人都成了我的下线。

之所以跟她好，是她身上有一种能撩拨我的东西。

同居之前的那段时间，她经常到酒吧里来，跟我聊天。一开始只不过是来看看她熟悉的地方，说说怎么发展下线的事情。有一次，她跟我说她以前在这个地方开酱油厂的事情。使我对她有了初步的好感。

那一天，因为我把我爸、我妈、我叔叔、婶婶都发展成了“下线”，我也很想知道她的下线都是些什么人，有没有她的亲人或者朋友。

我说顾静，我爸爸妈妈叔叔婶婶都成了我的下线，我们是上阵父子兵打虎亲兄弟啊。

顾静说，你也别得意，他们未必就相信这种产品，那是因为他们爱你。

确实是这样，我爸爸以前在单位，每天忙着人整人人害人，晚年得道，终于成为一个慈祥的老头，基本上对我言听计从。

我妈妈老好人一个，我从单位辞职出来有一半是她的主意。看见我没日没夜地赶场写稿，她很心疼，她说，又不是揭不开锅，那么忙干什么，回家。她就想一天到晚能见到她儿子，跟儿子有一项“共同的事业”，她还求之不得呢。

我叔叔是被我爸爸逼成下线的。我爸提着五百块钱的产品来到我叔叔家。我叔叔见状，以为我爸爸给他送东西来了，他说，老大，你也太客气了。我爸也不多啰唆，直接说，拿钱包来给我看看。我叔叔不知道发生了什么，乖乖掏出钱包递给他，我爸爸从我叔叔的钱包里抽出五百块之后又把钱包还给我叔叔，我爸说，这些东西是你的了，从此以后，你就是我的下线。说完话他扭头就走，刚要出门他又回头，说，这些东西吃不死人，我吃过。他也只有对我叔叔才显露出当年他在单位时的霸道。

这个“项目”，只有我婶婶是自愿加入，她认为这个项目有利可图。她的朋友圈全是她学生的家长。

我对顾静说，你有没有把亲人或者朋友都发展成你的下线？

顾静说，我跟你不一样，我做事情，一般都不会跟亲戚朋友发生任何瓜葛。这样就从容很多，没有感情上的负担，输也好赢也好都自己扛。

她是一个强人，爽快利索，不留后患，这是我对她的第一印象。

顾静说，再说，我们家亲戚多是乡下人，李晓，我们做这件事得有个底线，就是不要找乡下人来加入。

我说，为什么，农村市场很大啊。而且农村现在还是人情社会，只要有一个人相信你，一个人就变成两个人，两个人就会变成四个人，市场一打开，拦都拦不住。

顾静说，我们这个项目，主要是吸引“闲钱”加入，对农村人来说，哪有什么闲钱，都是吃饭钱。人家拿吃饭钱投进来，宝就压在上面了，内心难免会变形，内心一变形，什么事都有可能发生，不可控的事情，想都不要去想。

这让我对她刮目相看，她不是那种贪得无厌无所不用其极的人。

我开玩笑说，这叫盗亦有道。

顾静说你才盗亦有道呢，我这叫规避风险。

顾静说她的亲戚多是乡下人，我突然想起当初我找地方开酒吧时，那个把顾静介绍给我的环卫工人，曾经的酱油厂职工，顾静的表哥。

我说，你们家乡下亲戚多，你了解乡下人，对乡下人也有感情，我可以理解。其实我跟你做这个项目，就是觉得好玩，你说得对，乡下人可能就不这么看了。

顾静说，我爷爷五兄弟，当初他从乡下来依城置业做生意，是五兄弟中惟一的城里人，其他四位兄弟在乡下娶妻生子，老顾家人丁兴旺，我每次回去，光亲戚聚在一起吃饭都要摆上十桌。我爷爷、我爸爸的坟就在乡下老家山上，所以，我对他们是能帮就帮。你知道当初我为什么要开酱油厂吗？我开酱油厂基本上就是为乡下亲戚有工作才开的。那一年我回乡下，很多叔伯兄弟到广东打工，辛辛苦苦一年到头也没赚几个钱，还被老板拖欠，我就想，干脆在依城开一个工厂，把他们都招进来，我真的是这样做了。

你太了不起了，顾静，真的，你太了不起了。我说。

她说，没办法呀，我爸爸很少操心我，他最操心的是他乡下的堂哥堂弟堂姐堂妹以及他们的孩子，我也算是替父分忧吧。

顾静大学读的是食品专业，毕业后先是在依城酱油厂工作，后来辞职，拿房产作抵押，贷款开了酱油厂，乡下的亲戚一家一个，都成了她的工人。

我当初有一个理想，就是让这些亲戚都能在依城买房，他们的孩子都能在依城上学。一个小小的酱油厂，说是具有乌托邦色彩可能有点过分，但其实就是我的乌托邦，哪有那么容易。我是心有余而力不足。后来酱油厂被查封，最伤心的就是我的这帮亲戚。顾静说。

当时闹得沸沸扬扬，全城皆知。我说。

顾静说，我也是太轻信人了，才有这个劫。算是交了一笔学费吧，做实业不容易，我就玩虚的，代购，我的同学多是在外贸部门，他们给我很大的方便，我做进口的食品，服务对象是有国外生活经历的人群，几乎是无本生意，赚了不少钱。

我对她的好感就是从那次谈话开始的，从房东到合作伙伴再到亲密的关系，那一天是分水岭。

李晓，世界上最难处理的两种关系，一种是国家与国家之间的关系，另一种是男女关系。她说这句话的时候正是我对她心生爱意、只需要一颗火星就被点燃的时候。她大概也意识到自己即将开始一段新的生活，在这个关口，先给我打一针“预防针”。在此之前，我的感情生活一直是个空白，怎么跟一个女人打交道我还真的没有经验，我曾在脑子里虚拟了一段我未来的婚姻生活，或者说是对未来的婚姻生活展开自己的想象：

太迷人的肯定不属于我。

我也不是那种雷厉风行，口若悬河的人，如果她有众多的追求者，我肯定是最早退出竞争的那一个，退出来之后，会戴上一副满不在乎的面具。我未来的妻子，她肯定看不透我的内心。但是我们一样如胶似漆。如果需要替她挡刀，懦弱的我也会上。我认为我能成为一个好丈夫。

世界上最难处理的两种关系，一种是国家与国家之间的关系，另一种是男女关系。

在我的酒吧，她喝咖啡我喝啤酒，咖啡几乎没动，而啤酒瓶已空了两个。我是说到了男人女人的事情，说了苏菲·玛索，说一次喝一杯。她用手挡着嘴巴笑，笑过之后她说出上面的话。

这两种关系她用了一个共同的词“处理”，只有问题非常棘手，才会想到要“处理”。我愣了一下，她的语气斩钉截铁，一副真理在握的样子。她是在告诉我，男女关系的复杂、危险，提醒我要有足够的心理准备。我认为我跟她说我过往的“情史”就算是跟她打开心扉，在男人女人的事情上面，我也没什么好隐瞒的。

我说，我可没想那么多啊，世界上那么多的冤家，再多一对也没关系。何况，碰到一个也好难。

是好难，鞋合不合脚只有脚知道。顾静说。她是一个有生活经验的人，当时我不知道她已结婚，她从来没有谈起过她的家庭。

我是怎么被她吸引的呢，开始的时候，就是觉得她好说话，本来像她这样的产品代理商，多是在商言商，除此之外，说什么都是多余。我和她不仅在商言商，还聊很多废话，两个人的废话一样多。比如有一次，我们对过账目，本来对过账目之后应该一拍两散，但是没有，突然就安静下来，我的手去拿桌子上的一杯温茶，装着很烫的样子用嘴去吹，她呢，则拿起茶杯，看杯中的茶叶。我们开始进入无聊的时间，看了杯中的茶叶，她看窗外的树叶，一颗榕树长得很猛，气根、叶子挡住了半边窗户。我决定聊一聊榕树。我说，榕树长得太快了，几个月前刚修的枝，现在就长成这样。她说，你得再找人把窗口这些枝蔓剪掉，不能让它长到窗口里面，那样会很不吉利。我说，怎么不吉利呢，现在不是提倡垂直绿化吗？顾静说，榕树长在家里肯定不吉利，你可能不知道，这是我回老家时，老家的人告诉我的。有什么说法吗？我问。榕树长得高长得密，会招很多很多的鬼魂，那些上不了天界，又下不了地界的鬼魂，榕树就是他们的家。顾静说。我的心咯噔了一下。这我倒没听说过，这有点吓人，因为依城，到处都是榕树。看把你吓得，顾静说，这些鬼魂不怎么害人，都是一些普通的鬼魂，有人，也有动物，上不了天是因为修行不够，下不了地是因为没有作恶，就在人世间飘啊飘啊，在榕树上安家落户，跟树下乘凉的人和平相处。初一十五，你看很多人在榕树下烧香，没准树上就有他们的祖宗，这是我们老家人的说法，在乡下，榕树一般都种在村头，院子里是不能栽榕树的，再怎么不害人也是鬼是不是。顾静笑着说。顾静的老家毕竟是农村，她的废话里有老家的色彩。我在城里长大，跟农村人接触最多的是读大学的时候，我跟班上的八兄弟，虽然没什么深交，但从他们身上，也感受到一些农村的气息，特别是老八请我去嫖娼，期间所有的线索及故事几乎都与农村有关。后来，我几乎把这些事情都忘了，特别是嫖娼，那些个姑娘，几乎都是从农村来的。顾静说起榕树上面的鬼魂，我就想到她们。一种非常奇怪的联系。这是我心里面最秘密的一件事情，这是藏得越深就觉得越踏实的事情，后来我不得不跟顾静说，这是后话。我说，顾静，那你相不相信榕树上住着鬼魂？顾静说，我老家的人都这么说，我得尊重他们，他们信，我也信，他们说世界上有神仙和妖魔鬼怪，我就认为这个世界上住着神仙和妖魔鬼怪。她说。这话怎么理解？我问她。顾静说，人受的苦多了，都得找个寄托，就像很多人享福享多了就会给自己找理由：我之所以享福，是因为怎么怎么才这样。这我都能理解。从村里到城里，很多人都会敬鬼神，很多人都会烧香，我清明的时候也回乡下给爷爷和爸爸烧香，这跟信不信没什么联系，生意人一般都信世上有神灵，这也很好啊，不然自己作恶，都不知道还有没有人看着自己。顾静看得很开，她散淡，能容人。顾静接着说，但是很多人，信神灵是另外一回事，作恶又是另外一回事，我跟人打交道的时候，往往一开始都会被骗。被骗多了，我学会了看人，不出十句话，我就知道他是怎么想的。我倒很想知道顾静是怎么被骗的，但那时候跟她还不是很熟，我也不喜欢打听别人的事情，废话的主题是榕树，从榕树讲到鬼魂，这就够了。后来我没有请人把窗口外边的枝丫和气根清理掉，就让那些枝丫和气根越长越密，跟窗帘一样。有时我甚至想，就是有鬼魂在上面住着那又怎么样，反正顾静说了，他们又不会害人。

有一次，我们谈论国家大事。我差点跟她吵起来。辞职之后，我无所事事，表面上是在家里陪爸爸妈妈开心，其实也挺想做些什么，那段时间，跟张丁走得比较近。张丁喜欢打老婆。张丁是我高中同学，他满腹牢骚，一跟我见面就跟我说他们单位怎么样，这个城市这么样，这个国家怎么样。婚都离了一回了（他第二次离婚是我跟顾静好上之后），成天还一副愤世嫉俗的模样，他每天看的都是社会新闻，哪里一死人，他比谁都兴奋。我也比他好不到哪去，因为闲嘛，总是喜欢思考国家大事，久而久之，我们变成了悲观主义者。也是因为要跟顾静套近乎，好像自己很有深度，我问顾静，你怎么看我们的国家？顾静说，怎么看我们的国家？挺好的呀。我就摇头了。顾静就笑了起来，没想到你还挺忧国忧民的。我说，太黑暗了，地沟油、毒牛奶、假药、买官卖官、城市强拆、空气污染、财富外流、学生就业难、老百姓看病难、谁说真话谁遭殃、谁官大就看谁的脸色……我一边说一边扳手指头，手指头都不够用。顾静说，要不要我把手指头借给你用？你还真像个小孩在撒娇。她说我撒娇，我接受不了，顾静，这难道不是中国的现实吗？我问她。她说，李晓，那我问你，你说的这些，就是中国的全部现实吗？如果这就是全部的现实，那这个国家为什么还没垮掉？每天那么多人火车、飞机、商场、菜市、写字楼、广场舞、工地、医院、学校、农村都在忙，不是挺欢的吗？有你说的那种现实，就还有另外的一种现实吧，这你得承认。我说，顾静，你要往深里看，如果再这样下去，早晚得亡，中国的老百姓，现在，需要新的启蒙，顾静，不瞒你说，我曾经跟张丁商量，要走街串巷，上山下乡，给老百姓普及民主知识，增强他们的公民意识，一起促进国家进步。顾静说没想到啊没想到，你还想救民于水火，李晓，你知道我现在对你有什么看法吗？我说，什么看法？你跟我说什么民主啊、启蒙啊、公民意识啊，还有走街串巷、上山下乡等这些，我浑身起了鸡皮疙瘩，你突然就变成了一个神经病。她说。她说我是神经病，我急了，我是神经病，你才是神经病呢？我喊了起来。顾静也意识到自己的话有点过，她说，可能是我不对，对民主、公民意识等这些术语比较陌生，从你口中说出来，感觉有点滑稽，对不起，对不起。我也突然意识到我原来跟她是没话找话才说起这些的，原来就是当废话讲，讲着讲着就认真了，一认真就觉得受伤。我笑了起来，没关系没关系，我也是说说而已了，嘿，过了。我也不怕你笑话，某些时候我心里会涌起一腔热血。顾静说，一腔热血，还是留来做生意吧，大学里你也上过历史课，不论哪一个国家，哪一个时期，革命总是少数人的事，少数人忙革命，少数人忙镇压，大部分人过日子，我们就是过日子的那些人，忙革命的人都说是为大多数过日子的人，忙镇压的人也说是为大多数过日子的人。还有，你想过没有，如果所有的人都陷入对政治的狂热之中，那这个国家，会变成什么样子？我说，哎呀，我开始是想当那些少数，都是因为张丁……说到张丁，我就有点尴尬了。别看这个张丁在我面前激扬文字，痛斥腐败，一副舍我其谁的模样，他一回到家就打老婆。我后来为什么对“启蒙”啊、“民主”啊感到心灰意冷，就是因为我的“同志”张丁的形象太负面了，哪有一个“革命者”成天打老婆的。于是所有的这些，全部成了我和顾静嘴边的废话。

有一天，我们在一起吃饭，对过账之后，正好到中午吃饭的时间，我说顾静，我们一起吃个饭吧。我们是第一次在一起吃饭，我们走到离咖啡馆一里之外的“东南亚美食城”，进了一家越南餐馆。我们喝酒。她喝红酒，女人嘛，喝红酒显得优雅，我喝啤酒，喝红酒我找不到快感，喝啤酒我觉得痛快。说来可笑，我上大学的时候不喝酒，工作的时候也不喝酒，辞职在家，反而学会了，后来跟张丁混，彻底变成一个酒鬼。吃越南菜是她的主意，她对越南菜太熟悉了，每上一道菜，她都跟我介绍一番，服务员端上了一盘油炸的叶子，她说，这个好下啤酒，是柠檬叶。没想到柠檬叶还能吃，而且是油炸的，我夹了一片放在嘴里，好脆。越南菜最大的特点就是离不开柠檬，每一道菜，都要淋上柠檬汁，酸、爽，好家伙，现在，干脆连柠檬的叶子都端上来了。我说好吃，好吃。越南的芒街离依城也就两百多公里，这个餐馆的食材全部都从越南拉过来，除了鸡鸭牛羊鱼，主要的配料，大多我都不知道，那些热带植物，陌生、爽脆。顾静一一给我介绍，她介绍完了，我也就忘完了，只知道吃。好吃，嗯，好吃。顾静说，你以前没吃过越南菜？我说，真的没吃过。依城是跟东南亚各国联系最紧密的中国城市，东南亚各国的餐厅在这个城市很容易就能找到。多是多，但我一次都没去过。不知道哪一本书上说，懦弱的人，只认一种菜，只交一个女朋友，不认爹和娘。只认一种菜我信，长这么大，我最喜欢吃的而且吃得最多的就是蔬菜炒肉末，猪肉末牛肉末羊肉末各种肉末，炒着吃蒸着吃做成馅吃；只交一个女朋友，这我不知道，反正到现在还没有，不认爹和娘，辞职之后，我吃爹娘的喝爹娘的，只有他们不认我，我不会不认他们。外国餐厅我是第一次进，觉得很新鲜，吃什么都说好。亏你还是依城人，你这个人啊，想来也是无趣，连越南菜都没吃过，其他省份的朋友到这里，越南菜、新加波菜、泰国菜等等，都是最好的话题，甚至还可以带他们去尝一尝，你不会只带他们去吃老友粉、谈什么“公民意识”吧。我说，你说对了，除了依城的菜品，我没想到要带他们去吃东南亚的美食，因为我是一个懦弱的人，书上说了，懦弱的人只认一种菜，只交一个女朋友，不认爹和娘。我说。我说只交一个女朋友的时候看了顾静一眼，她抿嘴笑了一下。我们碰杯，红酒杯和啤酒杯，非常奇怪的组合，像两种人生突然间偶遇。唉，也是鬼使神差，把你带来这里，其实我不喜欢越南菜。她说。我放下啤酒杯，说，为什么？没什么没什么。她低下头，她脸上的一丝孤寂刻在我心里。她不喜欢越南。这是后话。

一个男人和一个女人经常在一起没玩没了地废话，我还是第一次经历，如果一连几天没见到她，会有强烈的念想，这是我们最初的交往。后来，她说她开酱油厂是为了她乡下的亲戚们能有工作，能在城里买房，让子女能在城里受好的教育的事，让我对她更加佩服和尊敬。当初她爷爷只身一人来依城闯荡，创下家业，怎么说也是为了自己，现在她要管好多亲戚的活路，她比她爷爷强啊。

我承认我和她的交往有情欲的因素在里面，有一个男人对一个女人的觊觎或者说“图谋不轨”在里面，当然这种觊觎或者说“图谋不轨”被各种小心各种顾忌所包裹，所以看起来显得非常普通。确实是这样，一想起她，我就有性的冲动，全身都活泛开来。对她的各种感觉真实地揉在一起，使我在她面前直冒傻气。男女之间情爱关系确实很奇妙很让人神往，想顾静时那种抓耳挠腮是大学时代暗恋苏菲·玛索的时候所不能比的。

世界上最难处理的两种关系，一种是国家与国家之间的关系，另一种是男女关系。

回到她说这话的那一天。在我的咖啡馆，她手中的咖啡没有动，我啤酒瓶已空了两个。

世界上那么多的冤家，再多一对也没关系。何况，碰到一个也好难。我说。

是好难，鞋合不合脚只有脚知道。顾静说。

我说，两个人在一起，谁是鞋谁是脚?

我不是说人啊，我是说人跟婚姻，或者说，是两个人在一起的那种生活。好大的一双鞋啊。她笑着说。

我说顾静，再难也得在一起，要不怎么知道难呢。我也是豁出去了，这是有生以来第一次对一个女人这么说。我的手，放在她脸上。

当晚，在我酒吧的房间里，我们俩拥在一起。一个男人和一个女人拥在一起，上线和下线拥在一起，户主和租客拥在一起，两个半年以前的陌生人拥在一起。榕树叶唰唰响，上面住着那些不会害人的鬼魂。他们看见我跟顾静在一起。

顾静说，她身上正有一桩婚姻，但是这桩婚姻名存实亡。这是她的原话，“一桩婚姻”，顾静说，她的老公很多年前去了越南，在那边又成了家。我突然想起那天她带我去越南餐馆吃饭，当时，脸上的那一抹孤寂闪了一下，被我看见了。

她说她不喜欢越南。

后来我跟张丁聊我跟顾静相好的事情，张丁对婚姻失望得很，他对我说，兄弟，你要小心。

张丁的婚事

他那时刚刚离婚，净身出户，一无所有，脸黑得像他的手机壳。我刚刚跟顾静住在一起，春风得意，跟张丁比，我们两个一个天上一个地下，完全是两种不同的状态。

张丁是被法院判定离婚的，他根本不想离，她老婆余冬给法院呈上不少于二十张身体各部位瘀青的照片，这是余冬这些年“攒”下来的。她真是个有心人，张丁说，一开始她就留证据的。余冬在法庭上出示的照片最早一次是结婚后第十天，最后一次是离婚前的十天。而且她在法庭上的证词，完整而又具体，非常准确地描述了张丁每一次家暴的情节，好像她早知道这桩婚姻必定会终结于侬城中级人民法院的民事审判庭一样，她得早有准备，不留后患。市妇联也出具了不下十次上门调解的记录，还呈上张丁破口大骂妇联干部的录像。法庭最终判张丁和余冬离婚。

张丁说，我再也不相信女人，就那么回事，想利用你的时候，就对你好得不得了，等利用完你，好家伙，吹灯拔蜡。

我说，只要你打人，理就不在你这一边。你不要说得这么难听，夫妻一场，好是应该的。你的脾气也太坏了。

我为什么打人？我为什么打人？还不是她该打！你要知道，没有我，能有她的今天，没有我，能有他们家的今天。张丁喊道。

张丁是把自己当救世主了。当救世主后就可以随便打人。他是这样想的吗？他才不这样想的呢，他说我是爱她的呀。

张丁是侬城人民医院的五官科医生，认识余冬的时候余冬还是幼儿专科师范学院的学生，她家在侬城郊区，父母都是农民，因为给她爸爸看病，张丁才认识她。余冬的爸爸，以前在北海舰队当兵，喜欢水，没事的时候，就到侬城郊区的西津水库去捞鱼捞虾。也算他倒霉，一对情侣在西津水库殉情，身上绑了石头，一头扎下去，还没沉到底，女的就后悔了，挣扎着解开绳子浮了上来。边游向岸边高呼救命啊。余冬的爸爸看见一个人游向岸边，就朝她喊了句，你不是游得好好的吗？女的说，下面还有一个。余冬的爸爸一头就扎下水里找人，扎得太深，人没救起来，耳膜却破了。张丁给余冬的爸爸治疗，他医术一般，但是又装着医术很高明的样子，表面不动声色，心里却打鼓了，余冬的爸爸耳膜已经穿孔，要修复可不是张丁做得了的，他对他们一家人说，先消消炎，然后到医科大那边给医生看看，他们的技术和设备要强很多。余冬从一家人的后面钻出来，这是张丁第一次看见余冬，她身材小巧，一看就是这一家人的主心骨，余冬说，医科大的人说他们也没办法。张丁愣了一下，觉得这一家人很可怜，决定帮一帮他们，他叫他们到外边等。下班后，他给他广州的老师打电话，把情况跟老师说了。毕业这么多年，他还是第一次给老师打电话，老师很高兴，好小子，你一起带他们过来吧。本来张丁想把患者介绍给老师就完了，没想到老师想见他，他一咬牙，就带着这陌生的一家人去了广州。余冬一家从此把他当恩人。之后剧情就变得狗血起来。

张丁说，没有我她能有今天?

是的，余冬毕业分到了一个好单位，是张丁的功劳。大概张丁认为，她嫁给他是攀了高枝。

张丁说，没有我他们家能有今天。

不错，她爸爸的耳朵治好了，天上还掉下个好女婿。余冬弟弟的工作张丁也找人落实了，从此老余家不再有后顾之忧。

大概张丁觉得自己是老余家的功臣，所以才下得了手。

张丁是这样的人，他对你好，他心都可以掏出来给你，但是你得听他的。他说什么都对，你不同意他的意见，好，你得沉默，你不能当面顶撞他，这我可领教过。余冬就是太喜欢顶撞张丁了，一条狂妄的鲤鱼，碰到一双手要捏它，还不得往死里挣扎。说张丁打余冬还不如说张丁是在自我挣扎。张丁这个霸王，哪里容得了被人顶撞，哪里容得下别人不听他的。有一次，两个人手牵手出了小区的门，要到南湖边去散步，刚走几分钟，张丁说，我们从小路走吧。张丁所说的小路是从小区门口下河堤，再从河堤下到小河边，那里是通往南湖的景观小道，这样走之后，就能避开城市的车流，而且还能一路欣赏花草树木。之前因为散步时在小路上遇到一只蜈蚣，把余冬吓了个半死，所以余冬不愿意走小路。余冬说，还是走大路吧，小路太远了。张丁知道余冬是因为怕蜈蚣，拿路远做借口，张丁就不高兴了，他说怕蜈蚣就是怕蜈蚣，说什么路远，远过你们家吗？这话有点刺激，但是余冬还是忍了。张丁又说，蜈蚣有什么可怕的，你们家以前不也是拿蜈蚣来卖钱吗？余冬爸爸曾经有一段时间收山货，所谓的“山货”就是本地的药材，蜈蚣就是本地的药材。张丁这样说之后，他的手就被余冬甩掉了。余冬说，我不跟你去散步了。余冬扭头就走。张丁说，回来。余冬没有停下脚步。张丁又喊，回来。余冬已经进了小区的大门。张丁在河堤上站了一分钟，气冲冲地往家里赶。回到家里的余冬以为张丁出去遛个弯之后就没事了，但是张丁很快就回到家里。余冬看见她的丈夫五官挪位，像一头野兽，比一百条蜈蚣出现在她面前还要可怕。你竟然不听我的话，你竟敢不听我的话。张丁说。张丁后来跟我讲，当时他觉得自己矮到地底下了，这可不是散步不散步或者是怕不怕蜈蚣的问题，这是听不听话的问题，他说他的心凉透了。张丁像个火药桶，走到余冬身边，压低声音，走，我们去散步，走小路。余冬吓坏了，往后退，你要干吗，你要干吗。边退边说。张丁去拉余冬，走！你跟我走！散步！走小路！张丁失控了。这是他第一次打余冬。十天前，他和余冬刚刚举行婚礼……

张丁说他还是爱余冬的。打完之后就后悔了。

后来他不停地后悔。我说后悔有什么用啊，张丁你要不要去看医生。在他第五、第六次暴打余冬之后，我们两个人有一次对话。我叫他去看医生。

我说，张丁，你要不要去看医生，好像有一本书上介绍，容易生气的人脑下丘的结构跟常人不一样，可以用药物来控制。

张丁说，你是医生还是我是医生啊，脑下丘，你知道什么是脑下丘吗，我他妈就是脾气急了点，跟脑下丘一点关系都没有。

张丁说，我是爱她的啊。我所有的精力、财力，包括感情，都在她和他们家身上。我还不够爱她吗？！

确实是这样，张丁是“他们家”的恩人。因为是“恩人”，所以他很受伤。

在法庭上，他陈述自己怎么帮余家度过困境，讲得自己都哭了。但是没用，你就是帮到天上，也不如余冬那二十几张伤痕累累的照片。

张丁说不是我在法庭上诉苦，我是想让那些狗屁记者，了解我张丁究竟是个什么人，我在他们的报道里，是个冷酷无情的恶魔。

这段时间，这个城市都知道有一个叫张丁的人喜欢打老婆。

我说可能余冬也知道你爱她，但是她怕你。

张丁就不说话了。

我说法院也是多管闲事，应该再给你机会。心里面却想，余冬这回是脱离苦海了，如果余冬是我家什么人，我也受不了张丁。

说到法院，张丁生气了，他说，那帮傻逼法官，他们只看到余冬身上的伤，我的心流血，他们是不会看见的。

张丁又说到上帝，他妈的上帝可能是个女的，看见了也不说句公道话。

张丁又说到如来佛，他妈的如来佛肯定是个女的，就会偏袒女人。

张丁又说到妇联，妇联那帮老女人，看见个男的，就像看见个凶手，至于吗？

张丁问我，李晓，你是知道我的，我平时怎么样？

张丁除了回家跟余冬凶，平时还是彬彬有礼的。他在医院里医术平平，疑难杂症治不了，一般的沙眼啊耳鸣啊鼻塞啊还是应付得了的。可能坏就坏在他不钻研业务上面，如果他钻研业务，主要的心思肯定就不会放在散步是走小路还是走大路这些琐碎的事情上面。如果那样的话，可能还能成为一个神医，还能保住“一桩婚姻”。

我说，张丁，你肯定很够意思了，要不然，我是不会跟你交朋友的。张丁，忘了余冬，忘了他们一家吧。

张丁哇地在我面前哭了起来，李晓，我还是舍不得余冬和他们一家。啊啊啊……张丁哭得好伤心。

后来张丁又有了新的恋情，他的第二个妻子叫李慧敏，不到一年，他们就离婚了，离婚原因整个侬城人都知道，家暴，家暴 2.0。

我跟张丁说我跟顾静在一起的事情，张丁说，兄弟，你要小心。

我说，我们现在如胶似漆。

确实是这样。回到那一夜。爱抚之后，我们互相打听。像两个新手。什么傻话都说。顾静问我，你以前真的没交过女朋友吗？

我说没有。

那你……怎么解决？

她的意思是问我怎么解决冲动的问题。

我说大学的时候手淫，工作之后，就去风月场。

脏人，脏人，脏人。顾静说，边说边把我推到一边，我差点就掉到床下。她又把我拉回来，紧紧抱着我，你真是很老实啊，你就不能骗我一下吗，把自己打扮成纯洁的小男生。你骗我我又不会追问下去的。记住了，如果有什么不想告诉我，就不告诉好了。

我说，我去过那些地方，我也不能骗你啊，那是以前的事了，你现在还嫌我脏？

她说，这是女人的本能，谁都希望自己的男人干净体面，以后你再去，看我怎么收拾你，不对，你都不用去了，你赚大了。

我说，我当然赚大了。又意识到自己说错了，顾静不能跟风月场的姑娘放在一起比。我说，你不能这样比啊，我们是谈恋爱，我可以为你做任何事情。

顾静说，你可以为我做任何事情，现在头脑发热才这样说的吧，我可不要你说狠话，你说我也不相信。李晓，我们两个人在一起，过一天算一天，过一天算一天，过一天算一天。她一口气说了三个过一天算一天。

你怎么这样说呢？我说，自从爱上你，一想到你，就觉得自己不行了，后脊背发凉，就像倒吸一口凉气那样。

顾静说，倒吸一口凉气，那是见了妖精才这样的吧，你把我当妖精了，你也不怕我吃了你，说一说，你是怎么倒吸一口凉气的。

你让我想一想怎么说。

我该怎么跟她说呢？很奇怪，一个女人吸引一个男人，那感觉太神奇了，你说是因为性吧，又不全是，但是抛开性去谈吸引力，显然又是自欺欺人。我对顾静的美好感觉有很多内容。她的美，她的好心肠让我这个懦弱的人倒吸一口凉气，一想起她，就冲动不已。我说顾静，我不说行吗？

顾静说为什么。

我说现在我心里美到想哭。

顾静说，我信你。

轮到顾静说她自己，她说李晓，我为什么跟你说我们两个人过一天算一天，是因为对待男人跟女人的事情，我从来都很悲观。我想起她刚才说的世界上最难处理的两种关系的那一番话，这是她的婚恋观。

顾静说她身上有一桩婚姻，老公八年前去越南，做木薯生意，后来在那边成了家。顾静说她不喜欢越南，因为在那里，她的丈夫没了。

我说，他真是瞎了眼了，他就这么舍得你。

顾静说，他到越南做生意，在那边要打通很多关节，认识了几个高官，最后成了一个高官的女婿。他在中国的名字叫王大川，成为越南女婿后，改名为阮大川。

顾静说，我开始也接受不了，还去越南找他，海防、谅山、河内，都没有他的消息，最后到了西贡，住进西贡河边一家豪华的酒店，也许是巧合，也许是冥冥中的安排，这家酒店正在举行一场盛大的婚礼，婚礼的主角不是别人，而是我的丈夫和他的越南新娘。

顾静接下来给我讲述这一场盛大的越南婚礼。

酒店四周的树都包上金色的布匹，所有的路都铺上红地毯，下午四点，酒店的大堂，几十位小天使打扮的孩子在一位修女的带领下唱圣歌，驶入酒店的大多是豪车，从车上下来的人，男的衣冠楚楚，女的珠光宝气。顾静在酒店四周转悠，想领略越南人的婚礼究竟是什么样子。入夜时分，一架直升飞机从夜幕中飞来，停在酒店的楼顶，大概是新郎新娘驾到。与此同时，巨幅婚纱照从楼顶自上而下徐徐展开，四周的投射灯对着婚纱照照射。在依城，这样的婚礼从来没有出现过。以前越南在顾静的脑子里是一个很穷的国家，没想到也有这么豪华的婚礼。顾静仰着头看那对新人，突然就被什么给击中了，她不敢相信，婚纱照上的新郎就是她的丈夫。

顾静说，开始我还以为是相貌相似，但是我骗不了自己，那人就是他，八年了，他还是以前的样子。他想在越南重新开始，这就是他消失的原因。

我说，亏他做得出来，在国内，这应该要算重婚罪，但是这是跨国，你也拿他没办法。

顾静说，是啊，他在那边有了新的身份，而依城这一边，他又还算是中国人。出去的头几年，他还经常回来，大概是第四年开始，就不回来了。海关的出入境记录是2006年5月15日，从此之后，他就没有消息了。手机停机，所有的朋友，包括跟他一起做生意的朋友，他以前的同学，老家的亲戚，都不知道他到底怎么了。我去越南找他之前，依城公安局的人还经常上我家来问他的下落。因为毕竟是经商护照，如果超过期限，公安局的人就会过问。邻里街坊这些年没少给他编故事，说他在那边贩毒，被打死了，也有人说他是中国派出去的间谍，正在为国家服务，也有人说他生意做得太大，被越南人下套，人财两空。我请求派出所的人跟外事部门反映，能不能通过对外使领馆，查出他的下落，外事部门的人说，越南那边没有关于王大川的入境记录，他们也找不到他，他们也无能为力。我的朋友提醒我，实在找不到，就报他失踪，如果超过四年他仍然没有回来，就请求法院宣布他死亡，因为婚姻、财产等需要法律确认的好多事项需要我这样做。我不死心，我想我还是要出去找他。我2008年6月去越南，你也知道，那时候汶川大地震刚刚发生不久，那段时间，听到的都是亲人离散的消息，我想王大川肯定还活着，我要找到他，无论如何都要找到他。结果，在西贡，看见了他跟越南女人结婚。

我说，真是难为你了，一般女人做不到这样。这个打击太大了顾静。

顾静说，我都不知道我是怎么回到依城的，当时的感觉就像是被抛在茫茫大海上，我要拼命地往岸上游。回来很长的一段时间，我都做这样的梦，梦到被推到大海里，我拼命地往回游，我还经常梦到被人追杀，经常在半夜醒来后，就再也睡不着，失眠，掉头发。这样的事情，对我的伤害真的是太大了。

顾静，你真是太可怜了。你碰到这样的人，你算是倒了八辈子的霉了。我说。

顾静说，我是气坏了，一回到依城，你知道我做的第一件事是什么？

你做了什么？

我跑街道，跑公安局，跑海关，把所有的资料都收集起来，然后去法院，请求法院宣布王大川死亡。顾静说。

可是他还活着啊。我说，这是我下意识的反应。一个人活着，你却说他死去，这得下多大决心。

我差点就交了请求书，最后我没有，就像你说的那样，他还活着，我不能说他已经死了，最后一刻，我下不了这个决心。但是这个人在我心里，已经死了。所以，我现在身上，还有一桩婚姻。如果我有一天，我想结婚了，我就得先到法院申请宣布他死亡，所以李晓，现在我们只能做朋友。

可能他已经死掉了，天知道他做的是什么生意。我说。

顾静说，你跟我的那些邻居一样。我一直都在想，他为什么会这样，他玩失踪之前一点征兆都没有，说找不到就找不到，到底发生了什么？还有就是，王大川如果想娶越南老婆，为什么不通过正当的途径，先跟我离婚，再在越南成家？这种跨国婚姻太普遍了，也不是什么很难办到的事情，他为什么要躲着我、骗我？

我说，他大张旗鼓地在越南举行那样一场奢华的婚礼，表明不是一个中国人在举行婚礼，而是一个越南人在举行婚礼，他应该有了越南公民的身份。他把自己跟中国所有的联系都洗掉了，他够狠的。

他是快刀斩乱麻，是把我当乱麻斩掉了。人家说一日夫妻百日恩，我当初真是看走眼了。顾静停了一下又说，李晓，你不要有什么包袱，我们俩在一起，过一天算一天，过一天算一天，过一天算一天。顾静又一口气说了三遍过一天算一天。

你是怕突然有一天王大川回来？我说。

他回来的话，我要做的第一件事就是跟他离婚。

我说顾静，你说你跟我过一天算一天，你肯定不希望这样是吗，顾静你要有信心。我会好好爱你的。你要相信我。

顾静没有接我的话，她说，我的事我都跟你说了，很复杂吧。到目前为止，关于王大川还活着，除你之外，我没有告诉任何一个人，他们都以为他死了。王大川是孤儿，几个远房亲戚，他们也不怎么关心他，他是死是活他们根本也顾不上。现在，所有的人都以为王大川死了，其实现在他在越南，活得好好的。顾静说。

我紧紧地抱着她，顾静，我要娶你，我一定要娶你。

顾静说，娶什么娶，我们才刚刚开始。李晓，从今以后，我们不要再谈论王大川这个人。

我说好。

我和顾静同居，在我的酒吧，这里原来就是顾静的地盘，我爸我妈我叔我婶例行公事般地开了一次家庭会议，除了我婶婶有一点小小的意见外，他们都同意我跟顾静好。我叔叔说，这下好了，你的酒吧不用交房租了。

我爸爸妈妈关心的是，我和顾静，什么时候举行婚礼。

我说，还早着呢。

郑小草以前是桂剧团的演员。她在侬城演刘三姐，每天都是一副谈恋爱的样子，去了非洲，见人就骂：你这智商，找死。

阿德最终没有从郑小茅姐姐郑小草那里借到六十万。因为郑小草一个电话打给她的一个同学，叫她去医院看望父亲。知道父亲不需要动手术换肾，只是中风住院，没有生命危险，一张机票就把郑小茅打发回依城照顾爸爸，临上飞机送给弟弟一句话，阿德这是病急乱投医，这种智商，还敢去借高利贷，找死，你回去不要跟他混，这种智商，跟他混，找死。

郑小茅不敢说这个主意是他出的，拿自己的亲爹骗姐姐的钱是一个方面，还有就是怕姐姐嘲笑自己的智商。

回到依城后郑小茅跟阿德说他姐，他说他姐姐去非洲后就喜欢这两个词，你这智商，找死。他说非洲已经把他姐姐变成一个六亲不认的女魔头。连我他都敢骂，还没去非洲之前她不是这样的，说话细声细气，她演刘三姐，见谁都害羞。

郑小草以前是桂剧团的演员。她在依城演刘三姐，每天都是一副谈恋爱的样子，去了非洲，见人就骂：你这智商，找死。

郑小茅只有说自己的姐姐的坏话来给借不到他钱的阿德一些安慰了。只有这样，让他彻底断了借姐姐钱还债的念头。

都是金子给闹的。郑小茅说。他没有跟阿德说，他姐姐姐夫的金矿，请来的安保，人手一把 AK47。

阿德以为郑小茅去非洲之后会变黑，没想到郑小茅白白胖胖。如果是以前，他会拿郑小茅的白白胖胖开玩笑，现在他顾不上了开玩笑了。他想在十天之内筹到 60 万，交给那几个住在张丹家里的打手。

如果我们有六十个朋友，每人借给我们一万，一万对他们来说，既不会影响他们的生活，又解决我们的大问题。我觉得，这六十万应该不算什么大问题。

郑小茅说“我们”，好像欠人钱也有他的一份似的。这让阿德感到一些安慰。

郑小茅找纸，找半天找出一张医院的药方，翻到背面，要给阿德写出“60个朋友”以及他们的电话号码，他们哪里有60个朋友，大概连初中同学和小学同学以及关系好一点的街坊都要算在内。

他第一个就写上他爸爸的名字，郑东国。郑东国现在还躺在医院里面。

我做我爸的主了，郑东国一万。郑小茅说。

你爸现在那个样子你怎么好意思跟他说钱呢。阿德说。

这个不用你管。

郑小茅第二个写上自己的名字，郑小茅。我这里你就放心了，等下钱就打给你。他说。

郑小茅写的第三个名字是郑小草。郑小茅说，这一万块钱她再不借给我们她就不是我姐，我就不认她这个姐。

郑小茅写的第四个名字是他舅舅王强的名字，郑小茅说，我舅舅也算一个，天上雷公，地下母舅，我的面子，我舅是要给的。郑小茅、郑小草的妈妈王姑英年早逝，扔下姐弟俩，舅舅见他俩，就像见到姐姐，从小到大没少疼他们。

写了四个人之后，郑小茅就没多大把握了。他在依城的主要亲人就是这些。但是他又不能停下来，马上又写上第五个：

邱吉。邱吉是他最好的朋友，但是两人闹翻了，原因是邱吉的女朋友梁泉远嫁北方，之前郑小茅是知道的，梁泉怕邱吉闹，只告诉郑小茅，等邱吉知道后，梁泉都怀上别人的孩子了。所以邱吉埋怨郑小茅这么重要的信息都没告诉他，如果郑小茅告诉他，梁泉就去不成北方，去不成北方，现在就不用后悔了。是的。现在梁泉后悔了。所以邱吉就怪郑小茅，说关键时刻用不上他。邱吉太爱梁泉了，曾为她自杀，他很容易鱼死网破，郑小茅就怕这个。

邱吉情绪缓和过来之后，断绝了跟郑小茅的往来。现在郑小茅写上他的名字，也只是写写而已，没准借这个机会，两人和好如初。

我看看还有谁，郑小茅又强行写下几个人的名字。这些名字他没什么把握，他说阿德，我就这些了，轮到你了。这时候他才发现阿德对他给他找“60个朋友”这件事根本就不热心。他站在一边，像被名单上的名字吓傻了一样，半天都没反应过来。

万、万、万波吧。他结结巴巴读出万波的名字。

万波是修电单车的，戴着副眼镜，跟陌生人说话，两只手不知道往哪放，举在胸前不停地搓，却是朋友中最仗义的一个，谁家里有事情，他都是第一个到场，为此没少挨老婆骂。帮别人家做事你那么积极，在家你当大老爷。老婆骂他他也不吱声，逼急了就说一句，我不跟女人计较。

但是阿德很快就后悔了。

他抢过郑小茅手中的笔，赶紧把万波的名字涂掉，好像晚一点涂掉万波的名字，万波就要把钱借给他似的。

阿德说，不能跟他借钱，他帮我帮太多了，他再帮我他老婆得跟他离。

万波是那种为朋友能豁得出去的人，只要你开口，多难他都帮。

不行，小茅，我不能再借钱了，我也是糊涂啊，竟想到要借你姐姐的钱，还打电话去非洲找你。我当时也是急了，张丹急我也跟着急。六个人住到张丹家里，这种事我听都没听过，也是急糊涂了。小茅，张丹不理我了，她搬出去了。他哥哥张强来找她，她跟他走了。

搬出去了？郑小茅很吃惊，怪不得帮他找“60个朋友时”他一直魂不守舍，原来张丹出走了。这个事也比较棘手，张丹一直是阿德的“保护神”，现在她离开阿德，阿德会死得很惨。

这一回，她真的要离开我了。阿德说。

郑小茅说，不要紧的，你们那么多年过来，不是说走就走得了的。

阿德说，这样也好，我专心想办法找钱。她在身边，我反而拿不出主意。

郑小茅说，怎么找，你怎么找，现在压力在她那边，在他爸爸和哥哥那边，我们还是赶快列60个人的名字，然后一个个去求人。如果她要离开你，也让她把这个包袱卸下来。

阿德说，小茅，这一次，我得自己解决，就不麻烦你们了。阿德把药方上的名字一个个涂掉，这样还不够，还把纸条揉成一团，扔掉了。

阿德说，我现在只欠一个人的钱，你让我一下子欠六十个人的钱，我哪里受得了。我已经被张丹瞧不起了，我就不要再给她丢人了。

郑小茅说，你怎么找？

阿德说，我去找政府。

阿德现在可以叫作丧家之犬。政府要对远山路进行改造，阿德家属于搬迁的对象，大概有二十多户街坊们嫌政府给的补偿款太低，没有签合同，阿德也是其中的“钉子户”，死活都不跟开发商签合同。现在，他想跟开发商妥协，先把拆迁款拿到手。至于以后有没有房子住，他也顾不了那么多了。

郑小茅说，签了以后，远山路的房子就不是你的了，张丹的爸爸和哥哥回得了家，你又没有家了。

本来就不关他们的事，愿赌服输，我认了。我就不相信，我一直都那么倒霉。阿德说。

十一

如果有一天，你烦我了，你也不要跟我说，直接在你的窗外挂一根丝巾，什么颜色都可以，我一看到立马滚蛋，不再给你添麻烦。

张强以为自己要说很多话张丹才跟他走，他电话刚打给张丹，张丹就说哥，我跟他没法过下去了，我得走了。

张强眼泪水就流下来，妹妹太可怜了，这些年跟着阿德，她没少受苦。

张强说，你放心，有哥哥呢，我们想办法把房子要回来，这事不要你操心。

张丹说哥，我也不小了，我的事情不能老是你们管，当时是太急了，所以……

张强在电话里打断她，不要说这个了，我现在去接你。

张强到远山路去等张丹，看见妹妹拉着一个拉杆箱从远山路的小巷里走出来，他突然发现自己已经好久没有见到妹妹了。妹妹长得像妈妈，一想到妈妈张强就心疼。六十万真不算个事。

张强走过去，从妹妹手中接过拉杆箱，很大的一个拉杆箱，看来她真的是要离开阿德了。

张强说，张丹，我现在住在朋友那里，朋友休假去了，你跟我去他家住一段时间，如果事情很快解决，我们就搬回去，如果一时解决不了，我们就在外边租房子。张强说的朋友是华海，华海休假去了，要半个月才回来。

张丹说，哥，不去了，我，我……

张强说你怎么啦？那你要去哪里？

张丹说，我要去林城，一个朋友在漓河边经营民宿，叫我去帮忙，也顺便散散心。哥你送我去火车站吧。

张强以为妹妹离开阿德后就会回到他们身边，没想到她要离开侬城。张强很担心，他说，你这么急着要走，至少要跟爸爸和大哥见一面吧。说到爸爸和大哥，张强底气不足，他知道爸爸已经住在以前单位的宿舍，现在一家人团聚，肯定感觉很凄凉。

张丹说，我现在没脸见他们了，你要多照顾他们。

张丹这话是废话，一直以来，老张家的人都是自己照顾自己，不管是老的还是小的。

张强说，好吧，我送你去车站。

张强在路边拦车，很快就拦下一辆出租车。在车上，张强说，你去林城也好，要不然他来缠你，没准你又回去跟他过，他知道你去林城吗？他会不会去找你？不管怎么样，你不能再跟他过下去了。

张丹说，哥，他不知道我去林城，我说我去找你们。他伤透了我的心了，我不会再跟他过下去了。其实我早就想离开他了，没有这个事我也要离开他。哥，女人心软，这么多年，我就是心太软，就是看不得他过得惨。

张强说，你当初也是够倔的，九头牛也拉不回，你说你这脾气，到底是接谁呢，爸爸天大的事都不会说一句话，在单位里，生物链最低端，也觉得有滋有味；妈妈也是，据说她不喜欢爸爸，外公看上爸爸老实，跟她说嫁给老实人没错，她就这样嫁过来了，一句怨言都没有；我吧，我觉得我性格接他们俩，有牢骚，但是见光死，在单位里，领导想半天才想起我是谁，哥哥和你，开我们家风气之先，他吧，打老婆打得满城皆知，不管是好事还是坏事，都能成为打老婆的导火索；你呢，为了男朋友书都不读，又是卖菜又是开赌场又是租钩机搞建筑，看起来热热闹闹，实际上危机四伏，女人是感性动物，我算是见识了，能不能有一点立场啊。我这么说，你不生气吧。对了，也不怪你，当初我也是支持你的。

张丹说，哥，我就这命，不读书这事我不后悔，我是后悔怎么会看上他，当时跟他一起卖菜的那些个女的，都看不上他，你说我就怎么看上他了。要什么没什么。这就是命，你说这是不是叛逆的一种啊，非得不让别人猜出结局，非得不按常理出牌，我是拿我自己的命来叛逆，最后变成了这样。

张强说，好了，现在回头也不晚，你不愁嫁不出去。离开他就好了。

张丹说，这么多年，也算对得起他了。可能会因为房子的事情跟他联系，但是不会再回去了。

那就好，张强说。但是现在妹妹要离开侬城，他还是有一点难过。他难过的表现就是眼睛无光。他们一家，现在是分不同的地方才过得下去。每一个人都眼睛无光。

她看见张强有一些难过，张丹笑了起来。哥，你真是一个书生，你没在江湖上混，不知道江湖有江湖的规矩。那几个人住我们家，听起来事情很大，其实事情一点都不大。很快就会解决的，阿德这个漆仔他有他的门路。“漆仔”是侬城的方言，意思是神经病。张强看见张丹一副轻松的表情，他有点不相信。张丹又说，解决后我会搬回去，跟你们住在一起。

事实上张丹在安慰张强，自己心里难受得不行，还要故作轻松。不过她心里坚信阿德最终会处理好这件事。如果处理不好，那她也没有办法了，也只能陪他到这里了。

张强说，那算他还有点良心。

车站到了，张强要送张丹进车站，张丹不让，她报了一趟车次，说车很快就开了。张丹说，哥哥你回去吧，我在林城会照顾好自己。接着她拖着拉杆箱，消失在进站的人流中。

十分钟之后，张丹又拖着拉杆箱出现在站前广场。她没有去林城。她只是给阿德和家里人一个假象：自己去林城去了。她看到阿德打电话去非洲给郑小茅的那个凄惨劲。觉得这个男人算是差不多要废了。这个事无论如何他得自己处理，她留在他身边，他就觉得自己还有退路。同时她也知道，她离开阿德，他的爸爸和哥哥都会赞成。不管是阿德或者是家里，她都要做出她已经下决心离开他的样子。只有这样，阿德才会改变，爸爸和哥哥他们才会稍感安心。想想也觉得可怜，只有这样来对待他们了。

半个小时后，她来到她当初的大学，当年辍学的地方，住进了研究生楼的女生宿舍。她当年的同学韦彩妹，现在是学校的辅导员，学校住房紧张，她暂时住在研究生宿舍的一个单间里面。她收留了张丹。

韦彩妹

等待张丹的，首先是一声尖叫。就是这声尖叫，使张丹恍若隔世。

呀！韦彩妹好像看见天外来物。

当年，她第一次看见张丹，也好像看见天外来物。入学的时候，张丹剃着一个光头就来学校报到。她为什么剃光头，是因为刚刚跟阿德谈恋爱，两个人削发明志。其实阿德喜欢张丹留长发，那时候，张丹和阿德热血沸腾，关于帅气，张丹说，她不喜欢文诌诌的男孩，男人就要有男人的样子，她对男人的认知很浅薄单一，那时候，她对男人剃光头情有独钟，阿德的头型凹凸不平，剃了一个光头，歪瓜裂枣的，张丹一点也不嫌弃，张丹说我就是要嫁狗随狗，我就是要鲜花插在牛粪上。这是最好的考验。为了表达自己跟阿德一条心，自己也剃了一个光头，就去学校报到了。

呀！女生宿舍来了个剃光头的同学，韦彩妹一声惨叫。

一晃这些年过去，张丹已不是以前的光头女生，韦彩妹的叫声还保持当年的刻度。

张丹，越来越漂亮了啊。尖叫之后，韦彩妹说。

两个人之间，张丹一脸人间烟火，韦彩妹大学本科毕业读硕士，硕士毕业留校当辅导员，一直都是跟书本、跟学生打交道，脸上全是好奇。

张丹说漂亮什么，都人老珠黄了，彩妹你没变，还是我以前认识的那个小女生。

两个人真的没办法比，韦彩妹考英语四级的时候张丹在卖菜，考六级的时候张丹在开地下赌场；韦彩妹当辅导员的时候，张丹彻底“家道中落”，人生的酸甜苦辣尝得都上瘾了，所以给韦彩妹一种成熟得有些颓败的感觉。

韦彩妹说，张丹，很高兴你来陪我，在这里，我连一个说话的人都没有。

张丹知道彩妹是在安慰自己。她心里涌起一股暖流。她不想跟她客套。她说，彩妹，你答应我一件事。

什么事?

如果有一天，你烦我了，你也不要跟我说，直接在你的窗外挂一根丝巾，什么颜色都可以，我一看到立马滚蛋，不再给你添麻烦。张丹还是以前在学校时火辣辣的样子。

韦彩妹说，张丹，你为什么这样说啊，我不会烦你的。接着她又说，如果我烦你了，我会让你走的，不过我不挂丝巾，我才不浪费丝巾呢，我挂一把大大的扫帚，将你扫地出门。

两个人都笑了。

彩妹宿舍的窗外操场，一些学生在跑步，一些学生在踢球，张丹在窗口驻足，也许是习惯了远山路的烟熏火燎，看见那些清清爽爽的学生，她竟有些眩晕，像醉氧那样。

张丹说，还是在学校里住着舒服。

彩妹说，这哪里是舒服，这是单调，看书吃饭管学生，天天如此。你来最好了，可以陪我说说话，我都快憋出病来了。

张丹说，你就别哄我了，我就不相信你没有朋友。

彩妹说，你不了解情况，大学里吧，男人文质彬彬，女人客客气气，都隔得很远，都各自为政，初级中级高级，职称是惟一加薪的台阶，同志们呢，就像背包客爬窄窄的山路那样，都在较劲，都不说话，生怕被挤下山去。

张丹说，学校里就没有大碗喝酒大块吃肉的人？

张丹跟阿德住在远山路，那里是老街坊，吃饭的时候，端着一个碗串门是经常的事。

韦彩妹说，你以为这里是梁山泊聚义厅。可能也有吧，哪都有小圈子，但我好像什么圈子都融不进去，可能是我性格的原因，还有就是，像我们辅导员这一阶层，是最不稳定的一群，是流动性最大的一群，圈子都还没形成，又换人了。人往高处走，眼下，连爬山的资格都轮不到我们，我们是在山下的一群，仰望山顶，顺便连星空也一起仰望了，慢慢熬吧。彩妹笑了，一副无所谓的样子。

张丹说，现在你跟我比起来，我是负海拔，你就是星空了，来，我也仰望仰望你。

你开玩笑吧张丹。

彩妹，我跟你说实话，以前我不懂事，年轻嘛，叛逆，什么事都想反着来做，现在翻阴沟里了。谁想到当初我逃离的学校成了我的避难所。以前我最瞧不起的同学现在收留了我。张丹说。

在学校的时候，韦彩妹沉默寡言，是个老好人，是见人就说好好好、对对对的那种人。而张丹又恰恰是那种有事就说个痛快，没事也说个痛快的人，他们俩血型基本不匹配，谁都救不了谁。这些年过去，当张丹觉得自己需要帮助的时候，很奇怪，她第一个电话竟打给韦彩妹，这个时候她根本就不知道韦彩妹在哪里，她在干什么。她想，这个电话打过去，只要韦彩妹答应收留她，不管她是在天涯海角，她都要去投奔她。这就是张丹，现在她做事情，也依然反着来。没想到，这么多年过去，韦彩妹想都没想，脱口就叫张丹过来。她们生活在同一个城市里。

彩妹说，困难都是暂时的，世界上没有过不去的坎，是个人都会有坎。虽然韦彩妹眼下觉得自己前途渺茫，因为张丹来她这里，她还是要讲好听的话。

彩妹说，知道吗，当时你离开学校，我还真为你捏一把汗呢，后来想想，一个人有一个人的选择，世界上没有一个公式适合所有的人，也就理解了你当初的选择，你跟阿德在一起，卖菜、开地下赌场、租钩机搞建筑，至少心里有事情想啊，有目标啊，见子打子，再怎么说也是两个人一起闯，我现在心里就空得慌。

张丹说，这些年来我跟阿德就像亡命鸳鸯，不停地有坏事情在我们前面等，一件接一件，说真的，现在真的累了。

先别管这么多，好好休息一段时间，天塌下来，有高个子顶。韦彩妹说。

是啊，也管不了那么多了，烂摊子扔给阿德，我躲在你这啦，没有一个人知道我在你这。

这就对了。

晚上，跟韦彩妹去饭堂吃饭，她们俩在学校里走了一圈。她们把当初在学校里面的事情回忆了一遍，又把话题引到男人女人的话题上来。韦彩妹首先说自己。

韦彩妹说，找男朋友，我不能像你那样，只要喜欢，就不管不顾，说走就走，物质决定意识啊，人的三六九等，怎么分，往往物质占很大的比重，同样在一个单位，有车和没车，穿得好不好，别人看你的眼光就是不一样。你可能不关心到这些，我从乡下出来，对这些细微的东西会很敏感，找男朋友会更加小心谨慎了，最怕被打回原形。你不一样，你可以跟阿德浪迹天涯，天不怕地不怕，至少你还有后路。

张丹说，什么后路啊，我当时根本不去考虑这些，想怎么做就怎么做。要说后路，谁都不能给你当后路，就是有在那里，你都不要去走。我现在也不知道后路在哪里，哥哥是我的后路吗？爸爸是我的后路吗？他们不是。

韦彩妹说，我跟你不一样，一想起谈恋爱的事情，头就大，也不是说没有喜欢的人，但是我有太多顾忌，本来喜欢他十分吧，一想到他家境怎么样，健不健康，对我好不好，以后两个人会怎么样，这么一推敲，问题就来了，你总得打听吧，你总得了解吧，好，在打听了解的过程中，当初的十分，变成八分，八分变成六分，最后变成一分，感情之外的因素考虑太多……这种了解的过程就像动外科手术一样：筋怎么长的，血管怎么分布，脑供血足不足，这样一来，是不是很可怕？

张丹说，挺可怕的。这样一来，谈恋爱算什么啊，都不想出生啦。

韦彩妹说，张丹，我是不是有病啊。我是不是得去医院看啊。我现在一想到要跟一个男人谈恋爱，我就心慌。

张丹说，你想得太多了，我想得又太简单了。可能你还没真遇上喜欢的，你真遇上了，你哪里还记得什么外科手术啊，筋长在哪啊血管长在哪啊，他有没有脑子你都顾不上了。

韦彩妹说，当初你就是这样喜欢上阿德的？

张丹说，我刚才不是说了吗，我是反着来，我跟阿德是高中同学，他是班上最差劲的一个，要模样没模样，要才华没才华，而且还喜欢哭。没有一个人瞧得上他。

韦彩妹说，那你怎么瞧得上他了？

张丹说，没办法呀彩妹，我就是喜欢阿德这样的人，我觉得跟他在一起舒坦自在。我就是喜欢跟弱小的人在一起，没有负担，不担心受欺负。我跟他是互补型的，烂锅头有烂锅盖。

你怎么这样说自己，烂锅头有烂锅盖。彩妹很惊讶。

张丹说，这有什么，远山路那些夫妻，都这样说自己，他们说，不管多么光鲜的夫妻，最后都会变成烂锅头和烂锅盖，想想也有道理。每天咣咣当当，全是破烂的声音，即便这样，谁还离不开谁。

韦彩妹说，你这样说我就更加不敢谈恋爱了。

张丹说，不会吧，你们乡下，不也是烂锅头配烂锅盖吗？咣当咣当，全是破烂的声音。

韦彩妹说，这我真的没注意。乡下那些夫妻吧，没那么黏糊，一堆男男女女凑在一块，看不出谁和谁是夫妻。大家表情都差不多，真不能拿锅头和锅盖去形容他们。就拿我爸和我妈来说，根本就不是要合伙做一锅饭的关系，年轻的时候我妈妈身体不好，上哪都是我爸爸扶着，现在老了，很奇怪，我妈妈身体反而好起来，我爸爸要出去走走，得我妈妈扶着去。他们不闹。

张丹说，怪不得你这么害怕找男朋友，你是想找一根像你爸爸一样的拐棍？

韦彩妹说，问题是我想找一根像我爸爸那样的拐棍，但是该我当拐棍的时候，我能不能像我妈妈那样，能不能当好一根拐棍，我吃不准，我是害怕这个。我看我爸当初扶我妈的样子，我难过死了。现在回去，看见我妈扶着我爸，我同样觉得很伤心。

张丹说，你是怕担责任。

韦彩妹说，这不是怕担责任的问题，该担责任时还得担，我是觉得，做一对夫妻，真是太可怜了。

张丹说，彩妹，这些年来，你真的没谈过恋爱？

韦彩妹说，谈过一次。

韦彩妹从手机里调出一张照片：一个胖胖的男孩，身穿博士服。

张丹说，还是个博士。

韦彩妹说，他是北方人。

张丹说挺好的呀，怎么没有继续下去？

韦彩妹说，他人倒是挺好的，很体贴，应该说各方面都不错，但是，他有怪癖。

张丹说什么怪癖？

睡觉的时候，枕头下面放一把菜刀。这个我可受不了。

这是不是他们北方人的风俗啊？张丹说。

我跟他好了一个月以后，我才发现床单下面藏着一把菜刀。我当时吓坏了，问他怎么会这样，他说这是他们那个地方特有的风俗，这样睡起来才踏实。我上网查，根本没有这种风俗，又跟北方的朋友打听，他们说你的男朋友缺乏安全感。他们说这不是风俗，这是一个人缺乏安全感才这样做。你看，这肯定就是心理问题吧，他倒是挺好，我不喜欢他床单下放一把菜刀，他就拿走了，好像他也没什么事，但是却轮到我不踏实了，你也知道，我喜欢“外科手术”什么事都想查个究竟。毕竟床单下放菜刀对我来说是一件很不寻常的事，我觉得他心理有问题，我叫他去看一下心理医生，我想他必须是健健康康的，我才能跟他交往。他不接受我的建议，说这不是一件多么严重的事，很多人有意无意都在卧室里放有一两件能自卫的器具，有些是水果刀，有些是铁棍。只不过他们没有放在床单下面。我说那你也不能骗我这是风俗啊，万一哪天吵架你从床单下抽出菜刀，我躲都来不及，再说，你既然敢把菜刀放在床单下，就说明你是一个能狠下心来用刀的人。我们俩为此大吵一架。就分了。韦彩妹说。

张丹说，你是错的，彩妹，你不能这样去要求一个男人，是个人，就会有毛病，世界上一点毛病都没有的男人还没出生呢。你男朋友肯定就是个胆小的人，胆小的人身边放一把刀防身有什么错的，再说了，你不喜欢他这样，他也听你的了，你还叫他去看什么心理医生，你找男朋友就像单位招新员工，笔试面试考核体检都要走一遍，又不是工厂的流水线，你怎么这样啊。

韦彩妹也不气恼，哈哈哈哈，我就是这个感觉，找个男朋友像找合格的员工，我铁面无私一本正经，天啊，我又不是绝色美女，倾国倾城，凭什么对人这样啊。如果我是男的，我也受不了像我这样的女的。我是不是很分裂？

韦彩妹很可爱，她跟张丹说自己的情事，好像在说别人的一件很讨厌的事情。

张丹说，彩妹，赶紧找一个吧，差不多就行。人如果想得太多，就像我刚才说的，就觉得自己都不应该出生。

韦彩妹说，除非我有所改变，我这样的人，谁喜欢呀？我越来越理解你当初不管不顾跟阿德走江湖的事了。张丹，你告诉我，你后不后悔，现在。

张丹说，那还用说吗？后悔死了，但后悔有什么用啊，我现在还等着阿德这王八蛋赶紧找钱，把我们家的房子赎回来。

韦彩妹说，那以后呢，你会跟他结婚吗？

张丹说，我说了，我跟他，是烂锅头配烂锅盖，这辈子也就这样过了。这我只跟你说啊，跟我哥哥我可不是这样说。我跟我哥哥说，我跟他分手了。

韦彩妹说，这个阿德，可是捡了一个大便宜了。

张丹说，可不是嘛。

阿德走后，门牙说，阿德没招了，看来张丹离开他，他就没招了。大齐说，这个阿德，越过越糟。

郑小茅走后，阿德就慌神了，这下他彻底地变成一个人。他的左边脸突然神经质般地抽动，好像那里突然多了一条血管，所有的血都往那里涌，用手去捂，手也跟着抖。他眼睛眨呀眨呀，觉得自己真是太倒霉了。张丹一直以来都是他的主心骨，郑小茅也经常给他出主意，这两人对他太重要了，如今张丹离开他，他也不好意思再叫郑小茅出力帮忙，而且他临走时说我也帮不了你了。他彻底慌神，这是以前从来没有过的事情。他像狗一样地哈气，半天才缓过劲来。

他想打电话叫郑小茅再返回来商量，但是刚才他的话已经说出口，再说些什么也都是诉苦，郑小茅要想给他找六十个朋友帮他还钱呢，看到他这副摸样，非得找一百二十个朋友帮他还钱不可，那就要他的命了。

他低下头，眼睛盯着地板上的一条裂缝，裂缝曲里拐弯，最终消失在一道水泥补丁面前。他觉得自己还不如那一条裂缝，裂缝最终都有水泥补丁拯救，他什么都没有。真实的阿德胆小如老鼠，平时虽然也有急吼吼的时候，但是他心虚得要命，没有一个人看见阿德在跟他们说话的时候敢拿眼睛跟他们对视，往往都是这样：他声音刚飘出嘴边，眼神就躲强盗般地躲开了。

情况越来越不好，他脸上湿漉漉的。他拿手去抹，天啊，怎么抹都抹不干，老毛病又犯了，千言万语变成眼泪，又开始滴答滴答。这是好久都没有过的事情。他想起那个医生，那个帮同学从学校停尸间把弟弟的尸体偷出来的人，他的医生，也是他的病友，肯定不会跟现在的他一样，医生喜欢赌钱，赌钱能让他铁石心肠。贩毒的不吸毒，开赌场的不赌钱，所以阿德不管是卖菜还是开地下赌场，他都是胆小如老鼠。从今以后，他得往那个假的阿德、那个梦中的阿德身上靠了。假的阿德就是临阵磨枪不亮也光，假的阿德必须像个勇士那样舍得一身剐敢把皇帝拉下马，假的阿德必须给以前的那个阿德反着来，他的女朋友张丹就是因为“反着来”，才使他有了一个漂亮的女朋友，现在他“反着来”，才能要回张丹家的房子。梦中的阿德又是什么样子呢？

梦中的阿德凶狠无比。

阿德只能从自己的身上找胆子了。

现在他惟一能做的，就是去找政府。

拆迁办的莫记得正要出门，阿德就走了进来。

阿德，今天怎么是你一个人来。莫记得说。

平时阿德都是跟街坊们一起来，他不是出头的那个人，平时他都是躲在后面，别人嚷几句他就嚷几句。别人进他就进，别人退他就退，一点都不像是个开地下赌场或者租钩机搞建筑的人，是凑人数的角色。

阿德说，老莫，你要去哪里？

莫记得说，我要去开会，你有什么事吗？

阿德说，老莫，我想清楚了，我签。

莫记得说，签什么？你想签什么？

阿德一惊，这个老莫，他装傻呢，之前他求爷爷一样求阿德和街坊们跟开发商把合同给签了，他们怎么骂他，他都一副好脾气（还真有人被他说服跟开发商签了合同）。他也没少找过阿德，阿德是因为听大伙的，他一来阿德就躲，基本上没跟他正面交锋。

阿德说，远山路的房子拆迁的事，我想清楚了，我同意跟开发商签合同。

老莫很不屑地看着阿德，耶，太阳从西边出来了，你怎么就想清楚了？说给我听听。

阿德说，响应政府号召，为城市建设出一份力。阿德是故意这么说的。

当初老莫就是这样跟阿德他们说，老莫经常说，大家要为城市建设出一份力。他一开口，就被嘲笑声和骂声淹没。阿德他们可没少在他跟前吐口水。

现在阿德也这样说，响应政府号召，为城市建设出一份力。老莫也不信，老莫笑了起来，阿德呀阿德，你就别喊口号了，是急用钱了吧。

一下子就说到阿德的痛处。阿德马上有了被人扇耳光的感觉。

阿德说，你不是一直动员，叫我们跟开发商签合同吗？你管我急不急用钱，我急不急用钱关你什么事。

莫记得说，你想签啊，现在不那么容易了，这事我做不了主了，那是你和开发商之间的事情，你想签，自己找开发商去谈吧。

阿德一听就急了，他一直以为主动权在他手里，老莫他们巴不得他答应签合同，因为他是“钉子户”，拔一枚“钉子”，老莫会得到奖励。现在，送到他嘴边的肉他都不吃。老莫不理这个事情了现在。

你不是一直负责这事吗？阿德说。

是啊。我现在还是负责这个事。

那为什么又叫我去找开发商呢？

老莫说，现在性质又不一样了，你们不是把政府告上法庭，说政府非法拆迁吗？

阿德突然想起来，这些年，他们为了自己的房子不被政府拆迁，大致经过这几个阶段，第一个阶段，就是跟政府打游击战。工作队上门做工作，躲着不见，但这根本不起作用，毕竟签合同的是大多数（签的人有愿意的、有不愿意但是害怕政府的），每签一户，开发商的钩机就拆掉一户，几年下来，远山路除了美食一条街以及阿德他们二十多户的“钉子户”外，近一千户的房子都被拆掉了。躲着不签也不是个办法。第二阶段就是他们联合起来去信访局闹，什么局长接待日、市长接待日，他们不放过一个见官的机会。这也根本不起作用，最后，城建局限期搬迁的通知以各种各样的方式送到阿德他们手中。为了自己的房子不在城建局规定的日期内被拆掉，熟悉法律的“钉子户”建议打官司，打官司期间，房子是不能强拆的。这是最后一个阶段，这个阶段，他们找了律师，去法院起诉城建局，想要法院判城建局，他们发的“限期搬迁的通知”违法。阿德来找莫记得的时候，法院已经正式受理了这个案件。

老莫说，房子的事现在走法律程序。你算是原告之一，你一面告政府一面又想跟开发商签合同，这种事我从来没碰到过，你去跟开发商商量，可能他们会同意跟你签，但是法院那边，你得去撤诉。

阿德说，我撤诉，我撤诉。

看见阿德这么怂，莫记得感概，他说，你们这些钉子户，真的是太难搞了，以前我一见到你们，你知道我什么反应吗？我恨不得叫你们爹。

因为拆迁的事，莫记得没少挨领导骂，说他软弱无能。老莫当时被“钉子户”骂得狗血淋头，又经常挨领导批评。所以一见到像阿德这样的“钉子户”，他就心烦。

阿德问，那我怎么去找开发商？

老莫给了他一个地址。说，跟人家说话，你态度要好一点。

阿德想，我自己的房子要被人拆了，还要我对他态度好一点。没办法，谁叫自己有求于人啊。

阿德照着这个地址找到开发商办公的地方，一个女的接待他，态度没有像老莫说的那样差，她给阿德泡茶，还双手递过来。阿德没有多啰唆，直接就把话挑明，他答应开发商的条件。

那女的很高兴，马上把阿德的材料找出来，她说，你现在没什么亲人，你一个人说了算。她说到“亲人”的时候，阿德就想到张丹了，他眼泪当着姑娘的面流了出来，他赶紧擦。为了掩饰自己，嘟囔着，假装很坚强的样子。

姑娘也不敢问阿德为什么这样，姑娘说，你对赔偿标准有什么意见。

阿德说，没有。

那么，你是要现金赔偿还是回迁。

现金赔偿。

姑娘说，你想好了吗？大部分人都选择回迁，远山路的房子，很值钱的。

阿德急需用钱，最好今天来这里签字，明天钱就到账。如果回迁那还不如继续抗拆。

姑娘大概觉得像阿德这样的人太少见了，说，这样以后远山路就没你的房子了。姑娘大概觉得她的话不大好听，毕竟人家刚才在她面前哭过，肯定有什么紧急的事。姑娘赶紧说，嘿我也是糊涂了，你们依城人哪个没有几套房。

但是事实上，说到阿德以后远山路没有房子，岂止远山路没有房子，他哪里都没有房子。有家没家，阿德顾不了那么多，眼下他只有这条路了。按照补偿标准，他远山路的房子能拿到九十万的补偿款，除了还欠下的高利贷，还剩下的可以做本钱租个铺位开个杂货铺。

阿德说，今天就可以签吗？

姑娘说，我先把合同给你，你拿回去先看一遍，最好能找个律师帮你一条一条研究，毕竟远山路的房子跟其他地方的房子不一样，一不小心就产生争议，好几个签了最后又反悔，又来闹，不停地闹，我们也是怕了，你看后没有什么意见，随时可以来找我。

我没意见，我现在就签。

不要那么着急，合同你看都没看就签，太草率了吧。

阿德不是不看，他只看“合同自签订之日起，补偿金十个工作日到账”这一条。

姑娘又说，这么多年都过来了，不在乎一天两天的，你还是回去再考虑考虑，我可是为你好啊。说完站起来，好像有其他事情等着她去处理一样。

阿德这时候急了，他说我求求你，今天就把合同签了吧。阿德又说，是不是我当钉子户惹恼你们了，还是我告政府，你们故意为难我。我已经跟老莫说了，我撤诉，我不告了。

姑娘说，你别着急，我们也还巴不得早点签呢，我是怕你签了之后又反悔，留多点时间给你再考虑一下，毕竟你选择现金补偿，远山路的房价很快就会飙升，补偿给你的这些钱，再想买一套远山路同等面积的房子，想都不要想。至于你告政府，跟我们没关系，只要你签了合同，房子就是我们的了，就不存在告不告政府的事了。

姑娘递给阿德一张名片，说，你想好了就来找我。

阿德拿着合同从楼里出来，远远看见两个人朝他走过来，是大齐和门牙。他赶紧把合同折起来塞进裤袋里。大齐和门牙。他们两人也是钉子户。这两个人是钉子户中的“纠察队员”，钉子户中有谁动摇，他们最先知道，他们平时的“工作”，就是负责观察、打听其他钉子户的动向。鼻子比警犬还灵。阿德心想，我来找开发商，没有跟谁说呀，他们怎么就知道了呢。

大齐说，阿德，脸色很不好嘛，眼睛肿肿的，刚哭过吧，你怎么这个样子呢。

门牙说，说一说，都发生了什么。

这个时候，阿德才意识到，原来自己也是个有“组织”的人。

阿德说，你们怎么知道我来这里。

大齐说，我们要商量事情，打你电话你关机。

阿德摸出电话，果然手机没电了，手机什么时候没电他都不知道，他慌神真是慌大了。

阿德说，我忘充电了，哎，你们怎么知道我来找开发商？

门牙说，你电话打不通，我们打了张丹的电话，张丹说她去林城了，她说你的事她不管了，我们就想，张丹不在你身边，你肯定会投降，果然，你他妈就跑来这里。你是不是签了？

阿德说，没签，我没签。

大齐说，那你来这里干什么？

阿德说，我倒是想签，但是他们没跟我签。阿德想房子是我的，我想怎么样就怎么样，但是说过之后他有些害怕，毕竟以前跟他们一起抗拆，现在软下来了，确实有点见不得人。

你怎么又想签了，真是少了张丹，你就软了。大齐说。

你才软呢。阿德声音提了起来，我签不签跟张丹没关系。

门牙说，阿德你不要一时冲动，都坚持那么久了，不能这样轻易就签了。走，我们还是去跟刘哲商量。

远山路的钉子户，现在还剩下十八户。如果真要找出一个领头的，那就是刘哲。

刘哲

刘哲是一个退休警察，人仗义，说话斩钉截铁。大家都愿意跟在他后面抗拆。他家的房子，民国时期的两层小楼，跟别墅差不多，从他爷爷开始，一家人都生活在这里，以后要变成套房，而且几十层楼高，还不知道是哪门哪户，要他们搬迁，刘哲的爸爸死活不干，一开始就站出来带头组织邻居们抗拆。差不多八十岁的人了，一件白色的T恤衫，上面写满口号，带领邻居们在街上走来走去，还去堵市政府的门。

开始的时候，政府让刘哲去做他爸爸的工作——侬城吃“皇粮”的干部，凡是跟远山路居民沾亲带故的，都变成工作队队员，做自己家亲戚的工作。

刘哲领命，回家跟爸爸谈，一个耳光就扇过来。

刘哲躲开，哭笑不得。

这工作还怎么做，不管用什么方法说什么道理，他爸爸就是不理会，已经到了刘哲再跟他说拆迁的事他就跟他断绝父子关系的地步。

眼看远山路一幢幢房子被拆掉，他们家的房子孤零零地泊在一片废墟之中，他爸爸觉得保住房子已成为奢望，从此郁郁寡欢，积郁成疾，一场感冒，就要了他的命，临死，给刘哲留了遗嘱，这房子，怎么都不能让政府给拆了。

遗嘱让刘哲棘手万分，爸爸生前，他是个动员拆迁的工作队队员，爸爸走后，他要成为“钉子户”，这个角色转换太大了。

刘哲是个大孝子，他想了两个晚上，自古忠孝两难全，他一辈子都听组织的话，现在退休了，本来也应该继续听组织的话，但是，爸爸是因为他们家的老房子而走的，而且临走还给他下了“死命令”，他该怎么办？他一咬牙，怎么说都应该听爸爸的一回。

他也知道房子迟早保不住，能保一天是一天。这“钉子户”的名声，他算是从爸爸手里继承下来了。

刚刚送走父亲，他就来到拆迁办。拆迁办的莫记得看见刘哲进来，自以为作为一名拆迁工作队队员，又是房子的继承人，刘哲现在过来，肯定是配合拆迁办的工作，商量怎么跟开发商签合同的事情，毕竟他爸爸刚过世——远山路最让人头疼的“钉子户”不在了，拆迁工作，肯定会减少一分难度。

看到刘哲，莫记得有点小感动，毕竟是警察，觉悟高啊。

莫记得说，老刘，你别着急嘛，老人家刚刚过世，晚几天再签也不迟啊。没想到刘哲带着黑纱，黑着一把脸，坐在拆迁办的椅子上，翘着腿，像个即将要审问犯人的警察。

刘哲说，老莫，我想看看政府关于“远山路旧城改造”的相关文件、拆迁依据、补偿办法。

莫记得说，你看这个干什么？

莫记得疑惑，老刘，你怎么跟那些“钉子户”一个口气？他不敢说，刘哲你怎么跟你爸爸一个口气？刘哲的爸爸经常带领一帮拆迁户，跟拆迁办的人说，要看中央文件、省里的文件，他的依据是大规模的旧城改造工程，一定要有省里的批准和国家的批准。没有省里和国家的批准，工程就是违法的。

眼前的刘哲，跟他爸爸一模一样。甚至比他爸爸更威风。

刘哲说，你们要拆我们家的房子，要让我明明白白，房子不能白拆了。

莫记得这才醒悟过来，这个老刘，是把他爸爸“钉子户”的招牌也继承下来了。这是闻所未闻的一件事情。他还有点不敢相信，老刘，你说什么我不大明白，你怎么跟我说这样的话，这不像一个工作队队员说的话啊。

刘哲说，我不管什么队员不队员的，我家的房子，不能拆，你听明白了吧。

莫记得愣了几秒钟，哈哈哈，哈哈哈哈哈哈，他指着刘哲笑了，笑得弯下腰去。太快了，你变得太快了，你怎么可以这样子呢，十多天前，你还去动员别人配合政府，尽快搬迁，现在，现在……都发生了什么？我真是看不懂。

刘哲不能把爸爸的遗嘱对外人说，他说，这是我自己的事情，没必要跟你细说，反正要我搬迁，我就是不同意。

完了，刘哲彻底被他爸爸灵魂附体。

莫记得也不想跟刘哲吵架，反正钉子户也还是那么多，不多一个不少一个。他本来都不是刘哲爸爸的对手，现在刘哲接过他爸爸的“枪”，他就更不是了。管他呢，反正刘哲家迟早会被拆掉，莫记得就懒得跟刘哲多费口舌。

莫记得说，好，不同意就不同意，你爸爸的思想工作你做不通，我肯定也做不通你的思想工作，这样吧，我把情况跟领导汇报一下，你要有思想准备哦。

刘哲不知道他们将派谁来做他的工作，谁来他都一视同仁。

他离开后，听到身后有人说话，是一个小年轻，他说，工作队人手本来就不够，好了，还有一个跑去当“钉子户”了。

刘哲前脚刚刚踏进家门，派出所的政委马前川的电话就打过来了。老刘，你来所里一下。

刘哲下意识地回答，好的政委。但是他马上发现自己答应得太痛快了，那是他没退休前的习惯，那是他还没当“钉子户”前的习惯。现在自己跟以前不一样了，“钉子户”要有“钉子户”的样子。“钉子户”什么模样？“钉子户”就是他爸爸的模样。

刘哲以前去做他爸爸的思想工作。刘哲说，爸，人啊，就一张床，只要风吹不着雨打不着，床摆在什么地方也还是床。

爸说，好，郊区有很多岩洞，风吹不着雨也打不着，从明天起，你把你的床搬到那里。

刘哲说，爸，你看你这么大的年纪了，为这个事闹来闹去，不值得啊，孔子说，三十而立，四十不惑，五十耳顺，六十不争，七十不闻不问，我们不跟政府争好不好？

爸说，别跟我说什么孔子，跟我说孙悟空都没用。爸根本不知道孔子是不是还说过“六十不争，七十不闻不问”的话。刘哲伪造孔子“语录”，脸都不红一下，也是想尽快让爸爸同意拆迁，他以前办案没少这样干。

刘哲说，我当了几十年的公安，个人服从组织，这条纪律是铁打的，不服从不行啊。爸说，在单位你听组织的，在家你得听我的，我死了，这房子肯定是你继承是不是，你服从组织，你去继承派出所的房子去啊，有本事，我的房子，你就不要继承，你敢签字放弃对房子的继承，我就马上同意拆迁。这是当头一棒啊，结就绕在这里了。刘哲跟其他工作队队员说，自从当了工作队队员，我这个儿子，就变成了孙子。

刘哲没有去所里，而是等政委马前川上门。马前川比刘哲小几岁，算是一辈人，两人在所里关系很好，经常在一起喝酒吃饭。一进门，马前川说，老哥，你吃了豹子胆了，人民警察、国家公职人员，怎么这么没有觉悟呢？你脸给我们丢大了，就算你不是人民警察，你还是一个旧城改造工作队队员啊，你怎么能这样干呢，哐当一下，掉转枪口，蒲志高叛变都没有你快，都没有你积极。

刘哲坐着，马前川站着，马前川边说边绕刘哲转了一圈。以前在所里，他也曾这样跟刘哲说话，他走到哪里，刘哲的头就扭到哪里。这一回，刘哲的头没有跟他扭，而是高高地昂着，眼睛看着门梁。当马前川说到“叛变”的时候，他脑子嗡的一下，这些钉子户是什么人，是敌人吗，叛变投敌，用得着这样说我吗？如果不是他跟马前川关系好，他可能就急了。

前川，这是我个人的事情，跟警察没关系，跟公务员也没有关系，跟工作队也没有关系，我现在，就想好好当我爸爸的儿子，他叫我干吗我就干吗。刘哲说。

你还有没有立场啊？你还是毛头小伙子吗，你都六十了，你爸叫你干吗你就干吗？你爸叫你杀人放火你也听他的？不不不不，我可能说得狠了点。这个时候马前川意识到自己有点过火，大概是被这样的事情气昏了，他压低声音，老哥，你是个孝子我知道，但是你又是一名人民警察，虽然退了休，你说跟警察没关系，跟公职人员没关系，跟工作队也没关系，说出去人家信吗？我们派出所所有的人，包括协警，听到你变成钉子户的消息，都不相信，都认为是开玩笑的。这事真传出去，影响可就大了去了。

那我也管不了那么多了，我爸临终嘱托，要我这么做，如果他不这么说，我当然就不这么做了，老人临死前都咽不下这口气，作为儿子，我只能听他的。前川，对待我，你们该干吗就干吗，我不会怨你们，我该干吗，你们也不要怪我。

马前川摇摇头，你就这么听你爸爸的话？非得把几十年积累下来的名声扔掉不要了。我记得你曾经跟我说，你为什么喜欢当警察？你说当警察，除了这是很铁的一个饭碗之外，还有一个原因，男人天生的对荣誉的向往和渴求，当警察能满足这些。你现在还记得你当初讲的话吗？你的荣誉感现在都哪里去了？跟政府对抗，这是跟你人生信念相违背的啊。

刘哲说，前川，你可不要乱说，我没有跟政府对抗，我只是想维护自己的权益，你就不要做我的思想工作了，你说的我也能理解，但现在有老人家的遗嘱摆在那里，就不能商量了。当警察时有荣誉感，现在我的价值观重新归零，现在我只当一个儿子，当儿子要有责任感对不对。

马前川说，我能骂你一句吗？

刘哲说，骂吧。

马前川说，你这个猪头！

派出所政委马前川做不通刘哲的思想工作，只好跟分局领导汇报，分局政委李兰青又到了刘哲家中。李兰青是个女的，她也管刘哲叫哥，她说，哥，你这是怎么啦？有什么要求你尽管跟妹妹说。她口气就是不一样。

刘哲笑道，政委，这事让你操心了，该说的我都说了，局里那么忙，就不要浪费你的时间了。我自己的事情我自己承担，跟所里、局里都没关系。说真的，我太感谢所里、局里了，这么关心我。

李兰青说，哥，你就把我当妹妹来看吧，在拆迁这件事情上，你需要我做什么？你尽管说，能帮的我尽量帮，这跟局里没关系。李兰青的爸爸是市里面的一个领导，她有能耐。

不不不不，不能麻烦你，我自己的事情我自己解决。刘哲摆手，谢谢政委关心。

李兰青说，哥你要相信我，我看了你爸爸生前写给政府的请愿书，他并不是不同意拆迁，他是觉得赔偿标准太低，我们可以从赔偿标准入手，看还有什么办法，来帮老人家完成这个心愿。当然也不单单是钱的问题，老人家在这里住久了对老屋充满感情，被拆掉确实像被剜了心头肉，这我也能理解，但是没办法，世界上的很多事情就是这样，对你们家来说，这肯定是一件不好的事情，我们现在要做的，是把损失降到最低的限度，也算你这个当儿子的尽了力，让老人在那边也稍稍安心。

看来李兰青是有备而来，说的话也好听，刘哲从里面听出了诚意，她是真心想帮忙。但是刘哲心里有点别扭，如果接受她的帮忙，那好像他这个人就是冲着钱来的。而且，据他所知，开发商私底下跟拆迁户有交易的事情也并不少，如果让他私底下做交易，那也不是他的价值观。而且，要命的是，爸爸生前，是二十多个钉子户的“带头大哥”，当他打算成为钉子户的那个时候起，他就变成了他的父亲，如果他私下跟开发商接触，对这些钉子户来说，那他就是不折不扣的“叛徒”了。这不光是他一家的问题，还要涉及其他二十家的事情。虽然爸爸生前没有告诉他，要他负责其他二十户的事情，但是他觉得现在他就是他们中的一员，他无论如何都要跟他们站在一起。

谢谢政委，这事给你添麻烦了，我再考虑考虑，真的太感谢。

别客气，哥，你是我最敬重的警察，这么多年，跟你同年龄的警员好多高升的高升，调走的调走，你一直都在派出所里干，你是个好警察，本分，守规矩。

李兰青说得不错，刘哲安守本分，从入职到退休，都是派出所的一个普通片警。也不是没有机会升迁，因为各种各样的原因，其中最大的原因就是他不愿意“进步”。第一次要提拔他，是三十岁的时候，所里要提一个副所长，同时要考核三个人，风声传出来后，被考核的三个人关系就微妙起来，其中就有刘哲。刘哲生性耿直，看着平时跟他无话不说的兄弟，突然间就变了，说话支支吾吾，眼神躲躲闪闪，很是猥琐，他觉得很可笑，想了好久，去找局领导，他对局领导说，听说你们要提拔我，算了吧，我还是安心当我的警察。当时局里也正想找一个安心基层，敬业爱岗的普通警察的典型，觉得刘哲正好符合条件，于是就取消了对他的考核，转而把他树立为典型，这个典型一当就当到退休。

李兰青说，我跟新入职的警员们，经常提到你，现在年轻人很浮躁，都想着怎么样才尽快晋升，看到他们，我就想到你，现在，像你这样的人，真是少之又少了。哥，你可是他们的榜样啊，现在你……好，我不说了。李兰青眼里含着眼泪。

……

李兰青打“感情牌”也没说服刘哲。临走时李兰青说，哥，如果有什么事需要我帮忙，你尽管说啊。

就这样，刘哲成了远山路旧城改造工程钉子户的“带头大哥”。

阿德和大齐、门牙一起来到刘哲家。他们都在，加上阿德，“十八棵青松”都齐了。

北京请来的律师到了，大家约好商量事情。阿德一进来，大家都看着他。都知道他去找开发商，要举手投降。

钉子户从当初的三十几个变成现在的十八个，每少一个，大家的心就凉一截。

以前刘哲的爸爸带领他们，做得最多的就是去堵政府的大门，穿写有口号的衣服在大街上走来走去，经常被刘哲的同事们驱赶。轮到刘哲的时候，风格不一样了，刘哲不给公安兄弟们添麻烦。刘哲跟他们说，做事情，不能东一榔头西一棒，得好好分析，现在我们能做的，就是拖，比如说，他们要送限期拆迁通知书，就跟他们打游击，千万不要签字领取。还有，大家想办法收集相关人员跟开发商有没有猫腻，哪怕吃一顿饭的照片都是证据，只要能找出相关人员的腐败证据，如果能挖出这个改造工程窝藏着一个巨大的腐败案，就会引起社会的关注，继而引起国家的关注，上面派人下来查，他们就不会轻易就拆了我们的房子。一段时间，大家都躲工作队队员，想着办法躲，果然令拆迁办的人大伤脑筋，工作队费了很大的力气，才把限期拆迁的通知书送达。

相比之下，收集腐败证据就难多了，为这个事，大家开了几次会，刘哲说，大腐败我们肯定找不出证据，我们从小腐败入手，没准吃个饭收个小礼品，就会牵出大的腐败，大家有什么办法，城建局的人、公检法司的人、市政府的人，哪怕是个小小的工作人员，都有可能是这个项目藏有腐败的突破口。

刘哲的这一躲和这一找，让钉子户们忙了一阵子。后来，大家果然收集到一大堆“证据”，所谓的证据，就是“听说”“听说”“听说”。他们跑来跟刘哲说，像讲故事一样。刘哲摇头，看来他们要做的，只有拖了。就建议请律师，打官司，尽量把时间拉长。

今天本来是请律师来商量开庭的事情。因为阿德跑去找开发商，所以今天的话题就变成了大家询问阿德“举手投降”的事情。

一般这样的聚会，轮不到刘哲发言。所以一开始闹哄哄的。这次也不例外。

说话的人太多，都不知道是谁在说。

阿德，弟兄们都坚持这么久了，你现在举手投降，是扰乱军心啊，平时吧，需要出头露面，我们都不让你出面，你只要咬牙不签合同就可以了，为什么突然变成这样？

阿德，是不是开发商答应你提高补偿标准，你见钱眼开？

阿德，你是不是糊涂了，开发商很狡猾的，要提高标准也不会高多少，你家的门面那么好，要多少钱都不过分，那点钱打发你，就像打发乞丐。

阿德，你看吧，律师我们都请了，律师说我们的官司胜算很大，听说各地的开发区、旧城改造工程有很多乱象，中央最近可能要下发文件，清理各地的开发区、旧城改造项目，这是好的消息，我们这些人，谁坚持到最后，谁就是赢家。你傻呀，现在退出，你不是有病吗。跑马拉松，还剩最后一公里，现在退出？不明智。

阿德，你有什么困难，跟我们说，看我们能不能帮你。

阿德一听到有人要帮他，他的头就大了。他不想再让人帮了，那样会死人的。阿德在来的路上就打定，要跟他们说实话，不当钉子户了。

阿德说，房子迟早都要被拆，我拖不起了，各人的情况不一样。我现在，就是需要钱，如果没有拆迁这回事，我也要挂牌卖房子。我自己卖自己家的房子，跟拆迁没关系好吗。

他这么一说，大家都愣了。

这时候，刘哲说话了，阿德，都发生了什么。

阿德沉默了半天，才把事情跟他们说了。最后，阿德说，这个事，我得自己去解决。阿德走后，门牙说，阿德没招了，看来张丹离开他，他就没招了。大齐说，这个阿德，越过越糟糕。

阿德正要下笔，外边一阵骚动，干什么干什么，站住，你找谁。保安在训人，而且声音是往里走。很快，一个人闯了进来。

五天之后，阿德又来到开发商的办事处，为了迎接他的到来，开发商在门口铺了一张红地毯，两排礼仪小姐身披彩带，笑容可掬。电子屏幕上一行字幕在游走：热烈祝贺搬迁户刘小弟与本公司达成合作协议！阿德没想到会受到如此隆重的对待。他有一丝事情即将得到解决的喜悦。

来到签字桌旁边，上次接待阿德的姑娘着盛装迎接阿德。这时候阿德才发现，有摄像机对着他。阿德一下子就慌神了。

做什么，你们这是做什么？阿德说。

姑娘说，你别紧张，电视台要来拍专题片，你配合一下。

怎么配合，直接签字不就完了吗？我不接受采访的。

先接受记者的采访，然后再签字，没关系的，随便回答几个问题。姑娘说。

另一个姑娘手拿话筒走上前来，刘先生，我们是依城电视台的，想问你几个问题。

阿德摆摆手，说，我不知道怎么回答。

电视台的姑娘掏出一张纸，上面写有采访提纲，应该怎么回答，也都给阿德准备好了。

电视台的姑娘说，采访的时候，你就照着纸上的意思说。

阿德接过那张纸，皱起了眉头。

其中有一个问题是：请问您是怎么想通了，接受旧城改造补偿方案？

答：以前想不通，是觉得自己从小在这里长大，根就在这里，感情无价，感情不能拿金钱来衡量……看到这里阿德想，这大概是电视台的人给他台阶下，感情不能拿金钱来衡量，这虽然有道理，但是街坊们包括阿德都不是这么想，他们还是很看重金钱的，如果钱给够给足，谁他妈还当钉子户。接下来，纸上写道：这段时间，经过深入的了解，觉得旧城改造是造福于子孙后代的大事情，作为一个市民，应该支持，虽然受到损失，为了城市的明天更美好，这些损失就算不了什么了。

还有一个问题是：你想对还没有接受旧城补偿方案的邻居们说些什么？

怎么回答纸上也有：还没有同意拆迁补偿方案的街坊邻居们，我叫刘小弟，我家在远山路255号，是远山路最繁华的地段，我家前屋是“劳记生榨米粉”，后屋是“古通凉茶”，如果同意拆迁，我的损失应该是不小的……

阿德想，开发商的功课做得真足，但是文字没有写出来的事实是，几年前，当旧城改造刚刚开始的时候，这两家依城老字号就搬离了，阿德只好把空下来的房子，开了地下赌场……

但是旧城改造是造福子孙后代的事情，我经过激烈的思想斗争，最终答应搬迁，你们想一想，以后的远山路，是不是更漂亮，是不是更美，所以我也希望你们像我一样，尽快地搬迁……

我不能这么念。这些话阿德说不出口。阿德从来没有对人发号施令过，这不是他能说得出口的。

阿德说，我签还不行吗，叫我接受采访，镜头前我会发蒙。

姑娘依然一副笑脸，她说，不行啊，接受采访就是今天签字的内容之一。

我不说就不签合同？

姑娘点点头。

我不说就不让我签合同？阿德不相信。

姑娘更加坚定地点点头。

阿德感觉自己又被欺负了，眼泪水又一次淌下。把在场的人惊着了。电视台的姑娘和男摄像面面相觑，他俩不知道眼前的这个男人怎么这么脆弱。

开发商姑娘给阿德递过纸巾，阿德一手撇开。双手抹了抹脸，这个时候他才让人觉得他是坚强的。

好，你们采访吧。阿德说。

摄像机对着阿德，话筒伸到阿德的嘴边，阿德半天张不开嘴，那张写有采访内容的 A4 字举到镜头旁边，给他提示，阿德盯着白纸，就像盯着镜头一样。

阿德：我以前想不通，是觉得自己从小在这里长大，根就在这里，感情无价，感情不能拿金钱来衡量，这段时间，经过了解，我思想发生转变，觉得旧城改造是造福于子孙后代的大事情，作为一个市民，应该支持，虽然感觉自己受到损失，为了城市的明天更美好，这些损失就算不了什么了……

阿德：还没有同意拆迁的街坊邻居们，我叫刘小弟，我家在远山路 255 号，是远山路最繁华的地段，我家前屋是“劳记生榨米粉”，后屋是“古通凉茶”，如果同意拆迁，我的损失应该是不小的……但是旧城改造是造福子孙后代的事情，经过激烈的思想斗争，我最终答应搬迁，以后的远山路，会更漂亮，会更美，远山路永远都是我们的家，我希望你们像我一样，尽快地搬迁，使远山路旧城改造工程早日推进……

说完这些话，阿德出了一身汗，好了吗？不好我再说一遍。他说。

女记者和摄像对了一眼，摄像点点头，女记者说，好了，谢谢你配合。

开发商姑娘很满意，给他递过一杯罗汉果茶。阿德说，我不渴。

开发商姑娘说，好，那我们签字吧，你到这边来。边说便把阿德引到一张红木桌子前。摄像机也跟着。姑娘示意阿德坐下，她拧开一支签字笔，递给阿德，同时摊开合同。

阿德说，谁来跟我签？阿德以为开发商的头面人物会在他接受采访后出现，然后他们像电视上的签字双方那样，甲方先签，然后乙方再签。他倒是想看看这人到底是个什么样的人，一个旧城就这样被他给拆了。

姑娘说，甲方已经签好了，你是乙方，你在乙方这里签上名字和日期就可以了。

阿德这时候才看见甲方的签字处填着一个龙飞凤舞的名字，谁都看不懂的一个名字。

阿德正要下笔，外边一阵骚动，干什么干什么，站住，你找谁。保安在训人，而且声音是往里走。很快，一个人闯了进来。

是张丹，她冲向签字台，阿德，你脑子进水了，你不要签！她喊道。

阿德大吃一惊。他要躲开，但是这里没有地方给他躲，他看见张丹过来要抢合同，急忙伏在桌子上，护住合同，他说，张丹，不要这样不要这样。

姑娘说，你是谁呀，敢来我们这里闹。

张丹看都不看她，说，我是谁，我是他老婆，我不同意他签合同。她站在阿德身边，阿德，把合同给我！

阿德说，张丹你别闹，你要冷静，这事我做主，合同一签，问题就解决了。

张丹说，你签了，以后我们住哪里，你不考虑你自己，你也要考虑我啊。说着从阿德身下扯出合同，撕碎，然后满屋找垃圾箱，然后把纸片给扔了。

走。张丹对阿德说。

姑娘很疑惑，刘小弟，你不是单身吗？你的资料显示你是未婚，怎么突然冒出一个老婆。

阿德看着张丹，不敢说话。

张丹说，阿德，我是不是你老婆。

阿德说，是，是。

张丹说，我们走。

大概是在远山路住久了，对宝贝这样的词会过敏，觉得宝贝这两个字从哥哥嘴巴里说出来很具有喜剧效果；觉得用宝贝这样的词来称呼自己非常好笑。远山路的人，不会用宝贝来称呼别人。

回到阿德家，张丹说，阿德，我前世欠了你什么呀，我怎么就舍不得你呢。阿德的脸像张死人脸。

张丹又说，这就是我的命，他娘的，我是上天派来保护你的，上天派我来到你身边吃苦、受罪、众叛亲离，就是为了让你这样的人在世上能够喘一口气。

阿德说，张丹，我太对不起你了，这么多年，这么多年……

张丹又看到高中时候的阿德，那个动不动就流眼泪的阿德，一晃好多年过去，这个男人依然没有起色，而她自己也依然一无所有。

我真的是上天派来跟你一起受苦的。张丹哭了起来，但是她很快就止住了。眼前的这个男人，吹一口气都要倒。

阿德一脸茫然，看得张丹心疼，张丹说，好了，没事了，我也是气急了才这样说，什么上天上天的，上天关我屁事啊，我为什么不离开你，我为什么要找你，就是你好欺负呀猪头，如果找一个脾气跟我一样的，天天不打起来才怪呢。她在给阿德找台阶下。

张丹这么一说，阿德脸上才泛出一丝热气。张丹已经不止一次这样说了。她不仅这样对阿德说，也这样对她哥哥说，也这样对她爸爸说，也这样对所有认识的人说。

阿德说，我再想办法，我再想办法。

得了吧，你除了卖祖宗房子，还能有什么办法，你接下来老老实实跟刘哲当钉子户，他往前冲你就往前冲，他往后退你就往后退。其他的事由我来想办法。

阿德说，谁告诉你我要跟开发商签合同？

张丹说是门牙。

门牙打电话给她张丹，门牙说，阿德要投降了，他今天要去跟开发商签合同。张丹觉得大事不好，赶紧去找阿德。

在阿德的家里，张丹说，阿德我告诉你，我算是破罐子破摔了，你这辈子不要做什么对不起我的事情，你要做什么对不起我的事情，有你好看的。

阿德说，张丹，我敢那样吗，我敢那样吗，我、我的命都是你的。

张丹说，得了吧，你的命我才不要呢，你赶紧去跟刘哲学怎么当钉子户吧。

张丹去找她的哥哥张强。张强说你不是去林城了吗，怎么又回来了，肯定是舍不得那个王八蛋。

张丹在张强面前可不像在阿德面前那样嚣张，她一副弱女子的样子。

这时候是在华海家，张丹看见哥哥的皮箱躺在墙角，一副随时都要被人赶出去的样子。她眼泪就流下来了。

张强笑道，哭什么哭啊，这不是你风格啊，我妹妹是个女汉子。

张丹说，什么女汉子，我是我们家的罪人。

张强说，不要这样说，你是我们家的宝贝。

张丹哈哈哈就笑了起来。你好肉麻呀，哈哈哈哈……大概是在远山路住久了，对宝贝这样的词会过敏，觉得宝贝这两个字从哥哥嘴巴里说出来很具有喜剧效果；觉得用宝贝这样的词来称呼自己非常好笑。远山路的人，不会用宝贝来称呼别人。

在张强的印象里，从来没见过“频道”切换得如此之快的妹妹，刚才还是哭哭啼啼，转眼就哈哈大笑，他觉得妹妹这种性格，很能扛事情，天塌下来，该笑还是要笑。

张强说，有什么好笑的？

张丹擦掉眼泪，哥，你知道我为什么来找你吗？

张强说为什么？

张丹说，你说得对，我是舍不得他，我根本就没有去林城。

张强说，你进站后又出来了？

张丹说，是的。

张强摇头，你为什么这样做，你是做出一副已经跟他分手的样子，好让我们放心？

张丹点点头。

张强说，你有没有搞错呀，他有什么好啊，你就这样执迷不悟、死心塌地，你说，你图他什么？

张丹说，哥，你怎么这样啊，我跟阿德，以前你不是支持吗，你怎么就变卦了。

我是说你不应该骗我，说自己去林城。

我不是怕你们担心我吗。

张强一下子就泄气了。怎么说她都是他的妹妹。

我是来找你商量我们怎么帮阿德。张丹说。

张强沉默，他望着妹妹，心想这个妹妹看来是九条牛都拉不回头了。

张强说，张丹，你搞错了吧，我们现在不是要帮阿德，房子是我们家的，那几个人住的是我们家，按理说应该是我们着急才对，跟阿德没关系的，他可以不管这个事情的。

张丹说，他能不管吗？他不管他就是头猪。

张丹把阿德要跟开发商签合同的事跟张强说了。

张丹说，这样一来连回迁的机会都没有了，你想让他以后去住岩洞啊。

张强心头一震，一个软弱的人，他除了卖房子还能做什么。但是妹妹没有跟阿德分手，跟他的期望相差太大，虽然在心里觉得阿德很可怜，但是谁来可怜他们一家？现在他们一家四个人分四个地方住，之所以不那么着急，都是为了张丹，都是为了张丹能够离开倒霉鬼阿德。

张丹见哥哥没有说话，又急起来了。你还是不想理这件事。张丹说。

张强说，唉，我是很恼火，但恼火归恼火，谁叫你是我妹妹呢，我怎么能不理呢。

张丹说，我说嘛，谁都可以不理我，你是不会不理我的。我和阿德，不会一直倒霉下去的。

张强说，先别管那么多，欠债还钱，不管是不是高利贷，都得还。我们去跟哥哥商量，怎么去筹钱还债吧。

张丹说，我不去，要去你去，他那脾气，你又不是不知道。

张强说，都这个时候了你还怕他，他能把你吃了。

在我的酒吧，张丁大声训斥张强和张丹这两个前来找他要钱的弟弟妹妹。张丹和张强来找他的时候，在另一个房间，顾静在和我说一件非常棘手的事情。他们兄妹的声音传了过来。

你以为我是提款机吗？我一个月工资杂七杂八加起来就五千多块，不吃不喝一年总共也就七万块，我能有多少钱让你们去赎房子！

张强说，又不是叫你一个人出六十万，我自己有十五万，你拿二十万，剩下的，我们去借。

张强知道哥哥的收入，哥哥的收入不像他讲的那么少，二十万他拿得出。

说得轻巧，好像六十万是树上的叶子，伸手去摘就到手。二十万我有，我要跟小秋结婚，这二十万是准备交首付用的，我要买一个房子，我总不能一结婚就住小秋那里吧，我总不能倒插门看人脸色吧，我要有自己的房子，要不然一吵架，小秋叫我滚蛋，我怎么办。张丁说。

张丁倒是想得很明白，住在小秋那里，他的那个臭脾气，是没有用武之地的。试想一下，他正要打人，就被人指着鼻子说，你从我家滚出去！那场面多震撼，现在他要买房结婚，小秋凶多吉少啊。

张丁又说，张强，那个房子迟早是你的，你自己想办法吧，这一回，我是无能为力了。

怪不得你一点不着急，原来早有打算，你不为我和妹妹着想，你总得为爸爸着想吧，他现在住在以前的单位，又破又烂，你让他住到什么时候。张强说。

张丁软下来了。说到爸爸住在又破又烂的单位的房子里，他就不出声了。谁都不出声。但是张丁好像又被谁打了一拳似的，突然间叫了起来，完了，完了，这回麻烦大了！

张强说，哥，怎么啦？

张丁说，阿德借的是高利贷，借的是六十万，现在利滚利，肯定不止六十万了对吗？张强，你不是有一个朋友跑政法口吗？你找他打听，高利贷公司，是不是不想要我们还钱，是想要我们的房子，我们那个地段，每平方已超过一万五，我听说现在放高利贷的，都喜欢占人房子，因为房价跑得比高利贷的利息快。

张强给华海打电话，把张丁的意思跟华海说了。然后他嗯了半天，挂掉电话后他说，哥，真是这样，有好几户的房子就这样被高利贷公司占了，报警后，警察也无能为力。估计我们家就这个情况。

这回轮到张丁急了。我说了吧，这回麻烦大了吧。

张强说，华海说了，他们的惯用手法就是拖，你去还钱，他们还不乐意呢，等利息滚到跟实际房价差不多的时候，就强迫你卖房，六十万的款，买一百多万的房。这帮家伙，无法无天，这下怎么跟爸爸交代，这下怎么跟爸爸交代。

兄弟两人的眼光不约而同看张丹。

张丹在酒吧号啕大哭。

听到哭声，我和顾静停止交流那件棘手的事情，我们来到他们身边。张丁他们一家，还有我和顾静，眼下麻烦缠身，我们不知道怎么去安慰他们兄妹三人。

顾静说，先别着急，不管什么事情，最后都有一个解决的办法，好也好坏也好，最终我们都得接受。顾静说给他们听，也说给我听。

我对张丁说，张丁，你们的谈话我和顾静都听到了，跟高利贷公司扯在一起，事情会很麻烦，现在我们能做的，就是找关系，趁着高利贷的利息还没高过房价，筹钱把房子赎回来。

顾静说，差多少钱，我和李晓可以先垫上，总之，要尽快跟他们联系还钱。

兄妹三人你看看我我看看你，谁都没有出声。我想，毕竟借钱这件事，太敏感了，不管是借高利贷公司的钱，还是借我和顾静的钱，都足以让他们兄妹心头一紧。

张丁和张强像两头困兽，张丹这时候像待宰的羔羊。张丁不停地骂娘，张强不停地打电话，电话那头传来的消息使他彻底败下阵来，他最终有妹妹张丹一样的神情。他们一家人，正在演绎丧家之犬的故事。远古以前的洞穴，如今的高楼大厦，一直都是人类的心病。一想到无家可归，多牛逼的人立马矮半截。

我说，先弄清楚事情是不是我们想的那样，现在最紧要的是跟他们联系。了解他们真实的意图，不就是钱吗，凡是钱能够解决的事情，都不算是天塌下来的要命的事情，张丁，这个事就把你难倒了？

我这么一说，张丁有点不好意思。这也怪不得他，他天生的急脾气，在他当别人丈夫的时候，一点小事情就能引发一场战争，更何况现在，他马上就没有家了，他会开足马力，把房子要回来。

张丁说李晓，房子的事我们兄弟俩自己想办法，我想问题最后都能解决。也许他不想在我和顾静面前表现得太歇斯底里，最终把自己的怒气压了下来。

我梦到夜晚，我躺在高高的山上，闪亮的星星挤成星河，星河缓缓流动，像蜂蜜一样黏稠、耀眼。多美的梦境。

前面说了，认识顾静，是我的福气。在依城，我还是第一次向一个女人彻底敞开自己，我跟她说话，像说梦话一样。我们俩在一起后，好多晚上我都做同样的一个梦：我梦到夜晚，我躺在高高的山上，闪亮的星星挤成星河，星河缓缓流动，像蜂蜜一样黏稠、耀眼。多美的梦境。一个人，还可以无数次做相同的梦，我觉得很稀奇。

这样的梦每做一回，我就跟顾静说，我又梦到星河了。

顾静说，一个人无病无灾，才有这样的美梦。

我说，这是我最好的时候，我好得时时刻刻都想张牙舞爪。

顾静笑着说，那得多难看。

我说，我以前吧，一个人独往独来，一有风吹草动，想的就是自己，现在不一样了，比如你现在出去，一两个小时没有消息，我就会很着急，心里面有人跟没人确实不一样。

顾静说，我们才刚刚开始，两个人的生活你自然觉得很新鲜，等我们俩待的时间长了，还不知道你是怎么想的呢，你就先好好享受吧，等有了苦水，你也要跟我说，你必须跟我说啊。

顾静有过一次婚姻，对于我们两个人在一起，她显得格外平静，好像早就想到有一天会跟我在一起一样——她生活的剧本里，早就有关于我的内容，一切都顺理成章，所以，她没有我那样因兴奋而语无伦次。

她很体贴，她给我做早餐。以前我都是吃自己酒吧早上卖的油条、豆浆、包子、馒头，经常混在前来锻炼的老头老太太中间扯油条、咬包子、擦嘴巴。跟顾静在一起后，她不允许我那样了，她给我做早餐，熬粥、煎蛋、烤面包……我喜欢看她早上为我忙碌的样子：勺子在煲粥的锅里响动，鸡蛋放到平底锅里滋滋的声音，烤箱打开的时候面包的香味扑鼻而来，等等等等，所有这些都烙上顾静的印记，变成一个早上的特有的味道。她是安静的，不管她在与不在我身边，我都觉得我一直在她的视线里。只要我一转身，我都能感觉到她的眼神。

我觉得她在默默地爱我。这个我没有跟她说。

我们的“家”，就在酒吧。虽然城中她也有房子，但是我俩在一起后，她就搬到酒吧里来了。我们形影不离，出入成双，就是很小的一件小事，都要询问对方的意见，所以废话很多也乐此不疲。吃什么买什么都是她拿主意。因为单身久了，身边多了一个自己喜欢的异性，那种充实和富足的感觉太美妙了。

我们第一次发生争执是在街头，在依城百货附近的步行街，一个老人坐在轮椅上，眼窝是空的，是一个没有双眼的老人，身后站着一个三十岁左右的年轻人，也是一副病恹恹的样子。轮椅前面一张白色的纸张，上面的字歪歪扭扭：我的爷爷是抗战老兵，我养不活他。下面的小字写的是他家的地址，他们家在桂城资江县乡下。一个铁盒子压在纸上，等着人们捐钱。

顾静要上去捐钱，我扯住她。

假的。我说。

你怎么知道是假的？

我一口气跟她讲了我当记者时了解到的有关乞丐江湖的故事。现在好多群体不值得相信，其中就有乞丐这一群体。人们上街，看见乞丐，多是绕着走。

顾静说，真不愧以前当过记者，知道得真多。说完还是要上去捐钱。我又扯住她，别啊，这条街上可不止这一对，那边还有好几摊呢。我说。

不管他是不是抗战老兵，他的眼窝里没有眼珠不是假的吧。顾静说，她从钱包里抽出五十元钱，走过去放在铁盒子里。

老人似乎知道有人上来捐钱，举起手敬了一个歪歪斜斜的军礼。

我说，顾静，你真是菩萨心肠。

顾静笑着说，在街上乞讨的，肯定真有实在过不下去的，有假的就有真的是不是，他是真的，我相信他是抗战老兵。

你怎么觉得是真的？

我是凭感觉。

我有些不以为然，说，我觉得是假的，他没眼珠子也很可怜，就凭这条件，一样能讨到钱，犯不着拿抗战老兵来说事，我主要是不赞成他把自己说成是抗战老兵，你可以说眼睛被疯牛顶瞎了，也可以说上山干活不小心摔了，失掉眼珠子的理由很多很多，为什么说自己是抗战老兵？你以为说自己是抗战老兵就有人相信了，你看他铁盒子里，捐的人也不多嘛，不说抗战老兵还好，说了之后，搞不好城管第一个赶走的就是他老人家，“抗战老兵”，不是谁都可以叫的。

我边说边比画，给老人编了好多当乞丐的理由，不知不觉就走了很长的一段距离。

顾静突然停下，用很陌生的眼光看我，不错啊，不愧是当过记者，对各个领域的造假行为了如指掌。

那当然了。我很得意。

顾静说，你能保证你说得都对吗？

八九不离十。我说。

顾静说，好，我们打个赌怎么样？你说是假的，我说是真的。要不要去验证一下，就当去一回农家乐。

我挺意外的，没想到她那么较真。我说，好啊，我们还没有一起出去旅行过呢。

我喜欢顾静的性格，爽朗、好心肠，只有在她面前，我才能想说什么就说什么，她不会生我的气。我喜欢跟她在一起的生活，捐个钱也能扯出一段旅程。我们又返回“抗战老兵”乞讨的地方，把纸上的地址记下。我问顾静，我们什么时候出发？顾静为什么突发奇想要到乡下去探个究竟，因为在这之前她曾参加依城志愿人员组织的探访抗战老兵的活动，慰问过不少抗战老兵。

顾静说，明天就出发。

我好久没有在路上的感觉了，上一次在路上是带我爸爸妈妈去海城，那是尽孝心，这一次不一样，这一次我有顾静。

顾静开着她的奔驰，带我在高速公路上飞奔。依城到林城 600 公里的高速，5 个多小时，从林城到资江县乡下，“抗战老兵”的村子，需要 4 个小时，几乎一个白天，因为身边坐着顾静，一点都不觉得时间长。一男一女的旅行我从来没有经历过，一路上，我不停地夸路边的风景、天上的蓝天白云、汽车里的音乐、顾静的驾驶姿势。我在路上的心情好得不得了。我不知道怎么用语言来表达我愉快的心情，只有不停地说话，要不就是随着车里的音乐一起唱。

顾静说，你高兴得就像第一次出远门的小孩。

我感谢依城步行街的这一次争执，没有那一次争执就没有这一次旅行。

凡事有因果。

傍晚的时候，我们来到林城资江县下朗村。我们的车到了村口就开不动了。道路坑坑洼洼，顾静的奔驰根本开不进去。好在村口就是村委会，那里有人值班。看见有车停在门口，值班的人跑出来，是个中年人。看，他说，你们走错路了吧，这里是下朗村。

没错啊，我们就是来下朗村。顾静说。

你们来下朗村干什么？这里又不是旅游景点，上朗村才有得玩。他说。

他真的把我们当成来找农家乐的游客了。从他话里我们得知，附近还有个上朗村，上朗村是旅游景点。我松了一口气，今晚的食宿我们不用担心了。

我说，我们来下朗村找人。

找谁？

抗战老兵黄必定。

你们找他呀，他家就在那里。他指远处的一处独屋。

我说，他在家吗。我看了顾静一眼，因为谜底就要揭开。如果他说在，那就说明依城步行街上的老人是冒牌货。如果他说不在，那我们还得进一步地打听。

他老人家在，身体好得很，一餐能吃两碗饭。中年人说。

我看了顾静一眼，顾静眉毛一扬，一副认赌服输的样子。

你们找他干吗？你们是记者？中年人问。

顾静说，我们不是记者，因为在依城步行街看到有个老人在乞讨，说自己是抗战老兵，家在下朗村，我们想来看看，下朗村有没有这样一个人。

中年人无奈地摇摇头，我们这个地方穷，好几个年纪大点的，身体有毛病的都出去做乞丐，都说自己是黄必定，他说，你们俩也是吃饱了没事干，打一个电话就清楚的事，要跑八九个小时。

顾静没说我们打赌的事，她说，我们来林城旅游，顺路来看看。

我说嘛，经常有人来看老人家，毕竟像他这样的人越来越少了。中年人说。

我说，大哥，你刚才说还有个上朗村，那里都有什么好玩的？

上朗村有一座古庙，香火很旺，来这里上香的，大多是求子的夫妻，据说很灵，想生男孩生男孩，想生女孩生女孩。特别是不育不孕的夫妻，都爱来这里求，现在去医院做胚胎移植，还十多万呢，来这里简单，几根蜡烛一把香。你们是两公婆吧，去烧烧香，很灵的。中年人说。

我跟顾静对了一眼，都笑了，我说，那是肯定要去的。

顾静说，我们还是先去看看黄必定老人吧，大哥，你能不能带我们去。

中年人说，好，我带你们去。他带我们进村，一边走一边介绍黄必定的情况，他说，老人家参加李宗仁的部队，是个机枪手呢，他可神了，打了无数场仗（中年人突然低下声音：也跟解放军打），子弹都躲着他，弹片都躲着他，打了十几年仗，硬是一次伤都没受过。你想想，机枪手啊，多少火力对着他，硬是打不着他。

这么厉害。我说。

是啊，你们来看他，他会很高兴的，他是我们村的一个宝，因为他，上面拨钱要修水泥路了。下次你们来，道路就畅通了。

我们来到黄必定的家，白墙黑瓦，是一座民国建筑，门口立有矮矮的石雕，石雕的头被敲掉了，所以看不出是什么动物。

还没进门，中年人就喊，黄老爹，又有人来看你了。

满屋的菜香。人家正在做晚饭呢。

一个小女孩在火灶前往灶膛塞柴火，一个老人站在灶台边挥动锅铲。见到我们，他往锅里倒了半瓢水，盖上锅盖，跟我们说话，怪不得灶里的火笑，有客人来了嘛。老人大声说，几乎是喊起来。

灶里的火会笑，当时我不明白怎么回事，后来知道这是当地的一种说法，半干的柴火在火灶里燃烧，会有些气体喷出来，像风发出呼呼的声音，吹旺了灶膛里的火。当地人认为这是火笑了。火笑了，客人到，这是当地的一种说法。

中年男人大声说，老爹，今晚弄什么好吃的？

醋血鸭！

老人声音洪亮，把我们震得不轻。中年男人对我们说，老人身体很好，就是耳朵有点背，跟他讲话要大声，耳朵背的人有一个特点，他以为你们听不见他的话，所以大声喊，不是因为年纪大才这样，说他打仗没受过伤也不对，他的耳朵被炮弹震坏的。当年他回到村里，村里人都很奇怪，刚当兵时很怕丑（害羞，作者注）的一个小年轻，十几年后回家变成了大嗓门，这都是打仗打出来的。

我们分辨不出老人的年龄，八十？还是九十？一个人过了七十，年纪就很难猜了。老人脸上皱纹刀刻一般，他对着我们笑，皱纹往嘴两边挤，他眼睛雪亮，里面有灶火的光亮，从他眼中的光亮我们知道，天色已晚。

你们先坐一下，我的菜马上就好了。老人大声说。他又掀开锅盖，水蒸气把他罩了个严严实实，他一只手挥动锅铲，另一只手往锅里加香料，屋里面的香味更加浓烈。

我们坐在小凳子上，看老人表演厨艺，我心里想，这个黄必定多可爱啊，怎么想都想不出他会上街乞讨。他们村里面的人也真是，冒他的名去乞讨，这不是毁他名声吗。

除了来证明那个在依城步行街上乞讨的老人是不是抗战老兵外，我们到黄必定的家究竟来干什么，我突然忐忑起来，特别是人家家里就要到晚餐的时候。我们来得不是时候，我很不自在。

中年人看出我的不安，他说，你们不要紧张，老人家喜欢你们来，你们现在走他会很不高兴。

这个时候，老人的儿子、儿媳回来了，按说他们也应该算老人了吧，六十岁上下，刚刚干活回来，扛着农具，见到家里来客，也不怎么意外，微笑、点头。以前他们家没少来人，才练得如此镇定。

老人有一个儿子三个孙子八个曾孙，往灶里添柴火的小女孩是老人最小的曾孙，他们一家四代同堂。看到在灶台上忙活的老兵，看到肩上刚刚卸掉农具的的儿子儿媳以及给灶里添柴的小姑娘，感觉这一家人太特别了，老与少的关系，从最长到最小，从根到苗，好几公里长呢。黄必定，这个抗战老兵，是一家人的根，也是这一家人的保姆。

我和顾静被请到饭桌边，顾静比我从容自然，她有跟乡下亲戚打交道的经历，所以礼数周全，她把一个红包塞给黄必定老人，另外一个则给了小女孩。推了半天，老人才收下。老人说，客气什么嘛。收下红包后，他又说，我是个有福气的人啊。

老人还能喝酒，一个口盅，大概装了半斤米酒，他招呼我和顾静喝酒，我们也倒了一点，一上来他就跟我们碰杯。

你们有心啊。他说。

我们都不能喝，放在嘴边抿了一口，很苦，但老人喝得很惬意。你们不能喝酒，你们就多吃菜。他喊道。

我和顾静小心翼翼地夹菜。还真好吃，这是我们有生以来吃到的年纪最大的人做的饭菜了。

味道怎么样？

很好吃。

啊？他一副听不清楚的样子。

很好吃！我大声说。

哈哈哈哈，我做了几十年了。当兵的时候，很多兄弟都想早点打完仗回家讨老婆，我跟他们不一样，我是想早点打完仗回家吃醋血鸭。哎呀，想回家讨老婆的都回不来了，想回家吃醋血鸭的，活到了现在。哈哈哈哈哈，他笑了，但却抹眼泪。唉，生死有命富贵在天……

别说这些了，还是好好吃饭吧。他儿子在他耳边说。

好好吃饭，好好吃饭。他说。

中年男人轻轻对我说，我忘了告诉你们，不能跟老人家说以前打仗的事情，他会很伤心，毕竟死了很多人。

一个可爱的老头。我们跟他一起吃饭。他不提打仗的事，专门提怎么做菜的事，他说，做醋血鸭这个菜，很讲究的，鸭子剖了，要留血，洗干净，切成块，先是大火炒鸭肉，炒干，炒出油，就往锅里放八角，放姜片，再继续炒，十下八下，就加水，水不能多，水放多了就变成煮汤了，水刚刚漫过鸭肉就好，这个时候香味就出来了，你们刚刚进我家那个时候是不是闻到香味了？

我说是的，很香。

他接着说，这个时候，火灶里的火不要太大，锅里的水差不多干的时候，就把苦瓜放进锅，苦瓜炒熟了，再放血，十下八下，就可以出锅了。

顾静说，这道菜这么复杂，怪不得这么好吃。

老人很得意，笑得像个儿童。他接下来还给我们介绍怎么做油茶、糍粑，每一道工序怎么做都说得很仔细，说着说着，一顿饭就吃了一半。他讲不同地方的人不同的口味，酸甜苦辣咸，湖南人怎么吃贵州人怎么吃，四川人怎么吃上海人怎么吃。讲得很轻松，好像他当年走南闯北不是去打仗，而是去品尝美食。他说这些的时候，我看见顾静眼里闪亮闪亮，她哭了，她低下头，一副很专心吃饭的样子，没人看到她掉泪。

顾静从老人的话题里听出另外的内容。后来我问顾静，老人的话都把你听哭，当时你是怎么啦？

顾静说，老人返璞归真，经历生生死死，所有的一切现在都过滤掉了，只剩下吃值得炫耀，他讲吃的时候，我能听见枪炮声，我也看见血肉横飞。

我说当然他也会伤心，但是伤心已经不轻易示人。

一棵老树，见惯风雨，心无旁骛。

顾静说他是一个可亲可敬的老人。老人从湖南人的饮食习惯说到上海人的饮食习惯，说着说着，一顿饭的另一半也就吃完了。他把一盅酒的最后一口喝完，那一锅醋血鸭也被我们消灭得干干净净。这个时候，一轮明月挂在天井上面，鲜亮得要滴水。我们下朗村之行就这样结束了。

临走，老人把我们送到门口，他喊道，以后要想吃醋血鸭，就来我家。

我们去上朗村的农家旅馆过夜，中年人怕我们不认路，带我们前往，我们也不推辞，毕竟很晚了，如果在山里迷路，那就糟了。

中年人一路跟我们讲有关黄必定的事情。他也不说黄必定当初怎么当兵打仗的事，而是说附近村里有人假冒黄必定去城里讨钱的事。这正是我们想听的。

起码有五个冒牌货在外面讨钱。他说。

怎么有这么多人冒充黄必定在外面讨钱，顾静说，真的是过不下去吗？你们村看起来不是很穷啊，每一户的房子都不错。

中年男人说，你说过不下去吧，饭还是有得吃的，你说过得下去吧，但是他们大多是残疾人，都需要帮助。你们可能都不相信，他们为什么到城里去讨钱，是黄必定老人动员他们去的。

黄必定动员村里的残疾人到城里讨钱？这也太新鲜了。我一愣，据我所知，一般残疾人都生性敏感，不到万不得已，是不会不要脸面去求人的。

中年人说，开始我们村里的人也想不通，怎么劝人上街讨钱，人的脸面比天大啊。如果不是要饿死，谁会去讨钱啊。

中年人的感觉跟我一样，不管是城市还是农村，面子比天大，这是肯定的。

中年人说，开始谁都不愿意去，黄必定跟他们讲，你们这个样子，并不是你们的错，你们只要不偷不抢，做什么都不过分，你们说，是不是应该有人帮你们，只要需要有人帮，就要大声地说出来。他一个一个去跟他们说，做他们的思想工作，叫他们上街讨钱。要挺起胸膛，大摇大摆上街讨钱，这是他老人家的原话。

“思想工作”，中年人是村里的一个干部，把这样的词放在黄必定去动员村里人进城乞讨的事上面有点喜剧的效果。

这个老人太有意思了，换了谁，都不会这么干，大概他见过太多的死人，战争和死人，多残酷呀，这世上的所谓的面子，在这个面前，都是些轻飘飘的东西，只要不偷不抢，做什么都不算过分。

中年人说，我们村干都急了，人家在村里好好的，说好好的也不对，因为残疾嘛，所以有很多的艰难，艰难是艰难，也不至于没饭吃，老人家去动员他们进城讨钱，这事就变大了，一下子有好几个人进城讨钱，你说这事大不大？我们去问老人家，这么丢脸的事你还动员人家去干，影响太坏了。老人家就是那句话，他们是不是需要人帮助？如果需要帮助，有什么好丢脸的。我们拿他一点办法都没有。他也是好心。

中年人告诉我们，老人把前来劝他不要动员村里的残疾人进城讨钱的干部骂了一顿，他说，讨钱怎么啦？又不是去抢，人家城里人愿意给就给，不愿意给就不给，没有人强迫他们给，这个世界，人帮人天经地义。

中年人告诉我们，他们跟老人说，现在城里人都不相信讨钱的，都把他们看成骗子，你愿意城里人把他们当骗子吗？

这一点跟我想的太一致了。

老人说，眼瞎能骗得了人吗？没有手没有脚能骗得了人吗？如果城里人把他们当骗子，那城里人真的是瞎眼了。

这一点跟顾静想的太一致了。

中年人告诉我们，老人去跟村里的残疾人说，你们听我的，不要害怕，老天爷欠你们的，由天底下的兄弟帮还。去求别人帮助自己，没有什么好丢人的。这样的话，也只有黄老爹说了，他是见过很多死人的。

第二天，在上朗村，我们游古庙，人真多呀，整个庙宇，被烟雾罩得像仙境一样，那些前来求子的男人女人，挤在观音菩萨面前，等着下跪。正在下跪的人，脸色凄凉，头颅起起落落。此时此刻，他们膝盖和头颅，属于儿孙。看着那一张张凄凉的脸，我觉得人世间真的是太不容易了，人啊真的是太可怜了。我想到抗战老兵黄必定说的，只要是需要别人的帮助，就要大声地说出来，村里的那些残疾人，他们需要城里人的帮助，而眼前这些男人女人，他们需要观音菩萨的帮助，而我，需要顾静，我下意识地往顾静身边靠，揽着她，身边的人在观音菩萨的脚下下跪，我和顾静在观音菩萨的脚下接吻，不顾一切，世界末日般地。

之后我说，顾静，我们结婚吧。

顾静一愣，轻轻推开我，说不。

我很失望，眼前的顾静哈哈哈哈笑出声来，把我拉过来，她在我耳边说，我答应你，我们结婚。

我手上刻的是张巧巧，娶的是李美霞。李美霞骂死我了。不光她骂我，我们全家人都骂我。

除了我和顾静想结婚，还有一个人想结婚，张丁、张强的爸爸张农民。

那是三个月之后，他来到自己以前的工作单位，在一幢已经被遗弃的大楼里，在自己以前曾经住过的房间，他想他得结婚，和袁好，那个会唱山歌的“刘三姐”结婚。

他已经孤单太久。

这栋大楼，除了他和保安大哥，还有一些拾荒的流浪汉，保安大哥权力很大，他是“楼长”，想给谁住就给谁住。那些流浪汉在张农民到来之前已经来到这里，他们早出晚归，在大院的一个角落生火做饭晒衣服，一副不与人争地盘的样子，夜晚降临，一楼的几个空房间，属于他们。

张农民住进来之后，马上跟保安大哥成为朋友。他们无话不说。

保安大哥最先跟他敞开心扉。

说是保安大哥，其实他比张农民小很多，张农民喊他，老弟。

张农民安顿下来后，本来怎么吃饭的问题他已经想好，这里离五塘镇很近，一日三餐，每天走出去吃，就当散步。

保安大哥说，吃饭的问题你就不用操心了，反正我也是一个人，我们就在一起搭伙吧，反正除了煮饭吃饭，我们两个人也没什么事干。两个“反正”，让张农民觉得宾至如归。

张农民想，这里以前是自己的单位，也算是半个主人，这个保安面善，看着就觉得可以亲近，跟这样的人吃饭、说话不会觉得有负担。张农民答应了。

人啊真是很奇怪，有些人，心里话只跟熟悉的人、最亲的人说，有些人，在最熟悉的人、最亲的人面前总是难以开口，总希望最熟悉的人、最亲的人能看透他的内心，把他想说的话说出来，他们不说，自己打死也不说，但是这样的好事最终很少很少，他们的心里话，往往最先都是跟陌生人说，说完就完了，内心也没有什么负担。

保安大哥和张农民都是这样的人。

先是保安大哥跟张农民说自己。

张农民看见保安大哥的左手老是插在裤袋里，开始以为他这个人很傲慢和散淡，后来看到保安大哥做饭，那只手也是没有从裤袋里拿出来，张农民觉得保安大哥的左手有可能是只假手。他想，一只手多不方便啊。

张农民说，老弟，你的手怎么了？

保安大哥就把话都跟他说了。

保安大哥说，我不好意思把手亮给别人看。

为什么？

保安大哥从裤袋里掏出那只手。也不是假手，很正常的一只手。张农民疑惑，他说，很正常嘛，为什么不敢给人看？

保安大哥说，你再仔细看，他把手掌伸到张农民面前，一转，张农民看见手背上刺有几个字：我爱张巧巧。

字是墨绿色，文上去的。

张巧巧？张农民几乎喊了起来，张巧巧，张巧巧是我们依城市的市长！你怎么回事啊，你在手上刺她的名字，你认识她？你喜欢她？张农民除了喜欢听山歌，还喜欢看新闻，他知道张巧巧现在是他们的市长，很年轻的一位市长。

张农民马上又说，肯定是同名同姓。

保安大哥说，对，是同名同姓。

保安大哥脸上有自嘲的神情，那神情告诉张农民如果是真的话那还是能满足一下保安大哥的虚荣心的，可惜不是。张农民说肯定是同名同姓说得太快了，他觉得有点对不起保安大哥。

天下同名同姓的多着呢，你不要以为她是市长你就不敢把手拿出来啊。张农民说。

保安大哥说，我习惯把手放在裤袋里，开始也不是因为当市长的张巧巧，这个习惯自打我结婚后就慢慢养成了。也不是谁勒令我不让我把手拿出来，我就是觉得丢人。把手拿出来我就心慌。

我知道了，你不是和手上刻的那个张巧巧结婚。

对，我手上刻的是张巧巧，娶的是李美霞。李美霞骂死我了。不光她骂我，我们全家人都骂我。张大哥，讨老婆，一定要门当户对，只有这样，老婆才讨得心安理得，只有这样，才不像孙子一样看人的脸色。我为什么挨骂？就是谈了一场门不当户不对的恋爱。保安大哥说。

张农民说，那个张巧巧是县长的女儿？

保安大哥说，张大哥你真幽默，张巧巧是村委主任张大兵的女儿。

张农民说，那有什么门不当户不对的，村委主任也牛不到哪里去呀。

你不知道张大哥，在我们野马镇，每一个人都觉得自己高人一等。卖肉的觉得自己比卖青菜的高人一等，理发的觉得比打铁的高人一等。村委主任张大兵本来就觉得他家比一般村民高出好几个层次，知道他女儿跟我谈恋爱，就更不得了啦。保安大哥说。

你家在野马镇？我知道野马镇，我还去过呢，你们野马镇，很有名哦。张农民话里有话，他的“很有名哦”，带有一丝讽刺的味道，意思是野马镇没有什么好名声。

野马镇

你也知道野马镇，是去求仙的吧。

是的，是去求仙的。张农民说

那时我上中学。保安大哥说。

张农民和保安大哥说的求仙，是当时轰动远近的“仙女事件”。20世纪80年代，各地突然冒出很多神人，耳朵听字、隔墙打人、身体发电等等，被冠之以“特异功能”的名头，响遍大江南北。野马镇有一小女孩，发了一场高烧，醒来后变成了神医，她家屋后有一眼山泉，凡是去那里打水，拿去给她摸一下，那水就变成神水，就能治各种疑难杂症。一传十十传百，从镇里到县里，再到市里，轰轰烈烈的求神水的活动在野马镇展开。说到野马镇，张农民和保安大哥的话题就暂时离开保安大哥讨老婆的事情，转到当年很多人去野马镇求仙的事情。

张农民也是当年去野马镇求仙的人中的一个，他去的时候，那眼泉已经不灵了，有人在泉边杀了一条狗，狗血淋在泉边，这是大忌，那眼泉，从此就脏了，就不能当药了。张农民去野马镇的时候，提着饼干和大米，因为有消息传来，泉水不灵了，从家里带吃的，给仙女摸一摸，效果也一样。那时候保安大哥还是野马镇的一个中学生，学校对面就是通往仙女家的乡村小路，每天他都看见密密麻麻的人蛇一样卷在盘山路上，没想到里面就有眼前的张农民。

从那时起，很多人都知道有一个野马镇，我们农科所的人，去了五六个。张农民说。

保安大哥说，那段时间，我们那里很热闹，有病的没病的都去，仙女家周围的岭上，不管是白天还是晚上，到处都是人。

我就是在她家旁边的岭上过了一夜，第二天早上，仙女才出来摸我们带去的东西，瘦瘦小小的，前面有大人为她开路，后面有大人跟着，相当于前面后面都有保镖。一袋袋吃的用的摆满了山坡，有些学生还带着课本、作业本和笔去给仙女摸，你肯定也是这样做。张农民说。

是啊，我拿课本给仙女摸，现在才能当上保安，哈哈哈哈哈。保安大哥很幽默地笑了。张农民也跟着他笑，笑之后他说，那个仙女后来怎么样?

保安大哥说，后来她就嫁人了。

关于仙女的话题他们就聊这么多，张农民觉得自己和保安大哥的关系又近了一些，因为保安来自他以前曾经去过的野马镇。

接下来保安大哥跟张农民聊关于野马镇死人的问题。

保安大哥说，关于野马镇，你只知道那里出了个仙女，对吧?

张农民说是的。

还有一个更有名的，比仙女更厉害，他的名字叫韦景华。保安大哥说。

我也就看那一回，后来再也没有见到。我跟你讲，有意思的是，那天在刑场上，有一部分人往韦景华的身上吐口水，有一部分人哭哭啼啼，两部分的人，居然没有打起来，这是从来没有过的事情。我是哭哭啼啼的那部分中的一个，我因为害怕，其他的人我不知道他们为什么哭，他们又不是韦景华的亲戚。不过在野马镇，不管你是怎么死的，都会有人为你哭。保安大哥说。

你们那里还是很有人情味。张农民说。

好了不说这些了，说我怎么跟张巧巧谈恋爱的事情吧。刚才我说了，张巧巧是村主任的女儿，他的女儿跟我谈恋爱，他认为门不当户不对，有辱他们家的名声，他偷偷找我，也不直接说不准我跟巧巧谈恋爱，而是直接从包里掏出两扎钱给我，一看就是从银行领出来的，还没拆封，两扎就是两万，他说，小宝，你也该找老婆了，你看刘云怎么样？我觉得她挺适合你的。我帮你做媒，这钱啊，就当恋爱经费。保安大哥说。

这个村主任，这样拒绝你，确实显示他高人一等。

其实他们家也没什么钱，开了个小卖部，就像开了沃尔玛一样神气。他要我讨刘云做老婆，刘云是刘芳的小妹妹，就是那个跟韦景华闹“仙龙王国”的女人。刘芳被判了十五年，她的三个妹妹，成了家里的顶梁柱，刘云人老实，不喜欢讲话，我不喜欢她，我喜欢那种直来直去的，张巧巧就是，她爸给我两万块钱我觉得是打我脸，我不要，我也不顶撞他，我说我的事就不要他操心了，你不同意我跟巧巧，那我听你的，我出去打工，几年都不回来，等巧巧嫁人了我再回来好不好。他眼圈都红了，他说我是个好人，能替别人着想。我当时是这样想的，如果再跟巧巧交往，因为她有这么一个爹，瞧不起人，又有计谋，我还能有好果子吃？我第二天就到侬城来了。

你这也算是逃婚，你都不跟巧巧说一声，你走得可真痛快。

什么痛快啊，半年时间因为想巧巧，我胸口都是紧的，好像有一口气堵在那里，气短，就跑去刺了这几个字。刺了之后，没事就看，气就顺多了。保安大哥边说边把手举给张农民看，我爱张巧巧，这几个字依然很扎眼。

张农民说，这样在手上刻字的人肯定不多，你是个有心人啊，都不能讨她当老婆了还刻她在手上。

这样做就是想对自己有个交代，喜欢是喜欢，能不能在一起是另外一回事，那个时候，我是想快刀斩乱麻，躲得越远越好，我在侬城买了新手机卡，也不告诉家里，往家打电话都去找公共电话亭，家里人知道我在侬城，就是不知道我在做什么。

你太狠了，不应该这样，万一家里有什么事找你不是很麻烦吗?

当时没想那么多，就想远远地躲张巧巧，虽然很喜欢她，怎么讲呢，喜欢，又有点赌她爸爸的气，其实是软弱，乱七八糟，都是后面想的。如果是现在的话，肯定就不理会他爸爸同意还是不同意。

可惜了，姑娘后来怎么样?她嫁给别人了吗?

没嫁人，后来她死了。

怎么死的，是因为你死的吗?

没想到她是这样的人，吃的安眠药，她遗书只有三个字：不明白。

不明白，不明白你为什么这样躲开?我不大理解，真喜欢的话，只要想在一起就能在一起，不至于这样吧。唉。张农民感到惋惜，叹了一口气。

是啊，我喜欢她，最多是在手上刻字，我不知道她为什么会这样，竟然为这个去死。她说不明白，不明白什么?我宁愿她是因为看走眼而一时想不通。

想不通为什么找了你这个遇事就后退的人?爱错你了。

是的。如果那样我会好受一些。

这个姑娘可惜了。

这么多年来，除了爸妈过世我回去之外，我都一直在外面，逢年过节也不回去，一直到现在。保安大哥说。

你也太不容易了。

后来在外面讨了李美霞，她是四川人，也奇怪啊，一开始她觉得我手上的几个字没什么，结婚以后，就不一样了，越来越觉得我手上的字刺眼，她说，如果我不是你老婆，我不会在乎你手上的字，我当了你老婆以后，你手上的字让我很不舒服，我心里面老是觉得你在外面还养有一个小老婆，我经常因为这个睡不着觉。她经常会因为这个事跟我闹，慢慢地，我就习惯把手放在口袋里，买新裤子的时候，我会检查裤子的口袋深不深，如果很浅，我就不买，后来当了保安，保安裤子口袋很深的，每一个口袋能装十万。保安大哥说。

李美霞在三塘镇的超市里当收银员，早出晚归，来了这么多天，张农民都没见到。

保安大哥继续讲自己，他说，本来我也不应该在这么偏僻的地方当保安，但是我想去热闹一点的地方当保安吧，手上刺着这几个字，确实影响太大了。我至少去应聘了不下一百家单位，都是看到我手上刺有这几个字，都不要我了。我里外不是人。刺字是很多年前，那个时候谁知道有另外一个张巧巧能当上市长？

张农民说，接下来你怎么办？

保安大哥说，我现在也挺好的，在哪里当保安都一样，不过我最近想，要不要将手上的字清理掉。因为李美霞怀孕了，我不能再让她因为这个坏了心情。

这样也好，这样你就不用手老是插在口袋里了。

我也不想让我的孩子以后看见他爸爸的手上刻着另外一个不是他妈妈的名字。保安大哥说。

你这样做是对的，很多事情，过去了就是过去了。张农民说。

轮到张农民说自己和“刘三姐”的故事。他简单说了跟袁好交往的过程，然后说他想和袁好结婚。

老弟，一个人久了，就想有个伴，中国字很有意思，这个“伴”字，一个单人旁，一个“半”字，意思是一个人的另一半。张农民边说边在半空中比画这个“伴”字。

一个人待着，只能算半个人，特别像我这样的人，就更加了，说人不人鬼不鬼都不过分。一个人，得有个伴。他说。我想跟一个人结婚，我又不知道怎么开口，毕竟这个岁数……张农民感慨。

保安大哥说，我以为这个岁数的人想说什么就说什么，想怎么说就怎么说。

不是这样的，你知道我为什么到这里来吗？

你跟我说了是自己家被高利贷公司派人占了。

张农民说，这是诱发的原因，主要的原因，我是想借此机会在这个偏僻荒凉的地方待一段时间，好好想一想，要不要跟袁好开始新的生活？怎么样跟袁好开始新的生活？老实说，我的顾忌还是比较多的，首先是我的子女，唉，他们的生活乱成一锅粥，我心里着急啊，虽然也帮不上他们什么忙，子女的事总归也是自己的事。子女的事我来这里之前想得比较多，如果我跟袁好结婚，他们该怎么想，他们同意不同意，等等等等，我发现，只要你一替子女们着想，哪怕是帮他们想出一个小小的理由，都会是挡在我跟袁好面前的沟坎。我来这里之前脑子里是一团乱麻。来到这里，住进我以前住的房间后，以前所有的事情好像在这间房子等我似的，一件一件都跑出来，什么高兴的事啊不高兴的事啊都跑出来了，像电影一样在我眼前晃，我突然发现，以前那些事情啊，高兴的事情，不高兴的事情，都好像跟我没有什么关系，好像那些事情是别人的事情，只有我住的那个房间，只有那个房间，跟我有关系，我住在这里是真真切切，实实在在，想起住在这里冬天怎么冷，我就起鸡皮疙瘩；想起夏天怎么热，我就觉得热风扑面；想起当年在这里换了多少个食堂师傅，他们煮的饭菜味道怎么样，那些饭菜的香味就钻进我的鼻子里，只有这些东西真真切切，实实在在，其他那些高兴的，不高兴的事情，都是假的，都是假的，好像我从来没有经历过一样。是不是人老了都这样？

保安大哥说，这叫返璞归真，越活越简单。

张农民说，就是住在以前的房间里之后，想起以前的冷啊热啊，才觉得我以前是顾虑太多，想得太多了，好像每一件事情都非常重要，跟天要塌下来，你必须要去顶一样，哪里快乐得起来，凡事小心翼翼，缩首缩脚，至少要想十几种办法，考虑周全后才想到应该怎么做。

保安大哥说，你以前搞科研嘛，可能是搞科研养成的习惯，等什么都弄明白了才出手做决定。过日子跟搞科研可不一样哦，想明白也得过，想不明白也得过。保安大哥大概又想起张巧巧的“不明白”，神情又低落下来。

张农民继续说，对，比如我想跟袁好结婚，我怎么跟她说才好呢？什么时间说合适，她同意我怎么办，她不同意又怎么办。

求婚又不像军事演习，先在沙盘推演一遍，然后真刀真枪再来一遍，直接跟她说就好。保安大哥说。

我以前会犹犹豫豫，现在我不再那样做了，我想明白了，我马上向袁好求婚。

保安大哥说，这样才正确嘛。

我把她叫来这里。

好啊，他知道你在这吗？

不知道，她以为我旅游去了呢，我有一点小得意？

你得意什么？

我为了试探她是不是关心我，我来的那一天，故意关机，一直到半夜才打开，好家伙，一共三十个来电提醒，全是袁好的。

她很在乎你。

那是，要不然也不敢跟她求婚。

你是有把握了才出击，真不愧是搞科研的。

哈哈哈哈哈。

两天之后，袁好来到了张农民身边。袁好一身朴素的打扮，白色衬衫，黑色裤子，化了淡妆，显得俏丽脱俗，看不出已经是五十多岁的女人，她站在张农民身边，像电视上那些富态的工作队员到贫困户家来扶贫。保安大哥说，大姐你真漂亮，怪不得你演刘三姐。袁好说，这个老弟嘴巴甜，怪不得老张住在这里不愿意走。保安大哥说，张大哥好福气，张大哥好福气。连说两声。

袁好跟张农民去了让他感到真真切切、实实在在的那个房间，一进房间两个人就开始亲热。后来张农民还跟保安大哥说他和袁好亲热的事情。保安大哥说，我以为老年人谈恋爱会说很多很多话，没想到一上来就真刀真枪。

张农民还记得自己这是第几次跟袁好亲热，两人躺在一起的时候，每一次他都会说这是他和她的第几次。

这一次，他也说了，袁好，我们这是第八回。

袁好轻轻拍张农民的脸，每次你都说这个，是不是说了心里才踏实。

张农民说，是啊，说了以后才觉得踏实。

袁好说，我都不知道你是什么心理，好像赚到了一样。

张农民说，我这是高兴，忍不住炫耀。

袁好说，看你平时蔫蔫的，骨头里还是挺骚，还拿来炫耀。

张农民说，是被你迷住了，你这个刘三姐。

袁好说，你是喜欢刘三姐还是喜欢我。

张农民说，以前我也不管是谁演刘三姐，只是喜欢听刘三姐的歌，认识你之后，人和歌对上号了。

袁好说，你听的歌没有一首是我唱的，唱歌的可是了不得的人。

袁好年轻时在市里的文艺汇演上演了几回刘三姐，在张农民看来，已经是了不得的事情。

张农民说，主要是你人好，刘三姐还是其次。

袁好说，这样说还差不多。

两个人躺着聊结婚的事情。

张农民胸有成竹，他说，我家出了这样的事情，也没什么大不了的，等房子的事解决了，我要跟你结婚。

这是张农民第一次说结婚两个字，把袁好吓着了。

你今天怎么了？怎么突然想到要结婚，我可不要结婚。老张，一个人过多好呀，想去哪里去哪里，想干吗就干吗。

张农民说，我跟你想得不一样，我觉得还是有一个伴好一点。

我不是你的伴吗？你不喜欢我们这个样子？

喜欢喜欢喜欢。张农民连忙说，心中难免失望。

袁好说，像我们这样拖家带口的人再婚，麻烦事太多了。

以前我也是这样想，后来我想通了，我不怕。张农民说。

你不怕我怕。

你怕什么?

袁好犹豫好久，才跟他说自己心中的那个结。

袁好说，我是个名声不好的女人。

袁好接下来跟张农民说关于自己名声不好的事情。这么多年来，这个城市一直流传袁好是一个高官的情妇。但是她不是。但名声就是名声。

袁好说，老张你愿意跟一个名声不好的人结婚吗?

是这样吗?是这样吗?我怎么没听说过。

从年轻的时候，一直传到现在，你呀，只知道研究木薯怎么高产，对这些八卦肯定不了解了。袁好说。

张农民坐起来。袁好，我不管你什么名声，我就是想跟你结婚。

不不不，结婚太麻烦了，不是说我当了高官的情妇吗，好，我就当情妇，当你这个老实人，农科专家，专门研究木薯的张农民的情妇。要不然，这情妇的罪名，我算是白背了。

老张求婚宣告失败。不过他仍然觉得这是这么多年来他最得意的时刻。

后来保安大哥问张农民，怎么样，求婚成功了?

老张说，我跟她，就跟结了婚一样。

老张跟保安大哥说，我理解她，她是想自由自在，不受家庭拖累。

老张最后说，我们会经常在一起。

一瓶水刚喝完，他就来了。一个拄着拐杖的男人，他的左腿没了。左边剩下的裤管在膝盖处打了个死结。

在上朗村古庙的观音菩萨面前，顾静答应我的求婚，回来后，我们做的第一件事情就是，终止保健品“马特葛雷莎”的代理。

为什么这样做，因为隔壁省的执法部门，把各种保健产品的直销定性为“变相传销”，正在大规模地甄别、清理，我和顾静觉得，这样的动作，迟早会在依城出现，我们的销售行为，迟早会被政府清理，与其被动挨打还不如主动出击，自己把自己给灭了。不能因为这个影响我们的生活。不再搞直销，安安静静地开我们的酒吧或者说杂货铺或者说早餐店就好了。

我们说抽手就抽手，把我爸、我妈以及我叔叔、婶婶打了个措手不及，他们正发展下线发展得热火朝天，我们突然来这么一下，他们都受不了了。他们各自都有一定数量的下线，特别是我婶婶，她的下线是最多的，她跑来跟我们闹：我怎么跟我的下线们交代？我们把我们的担忧跟她说了。我婶婶就害怕了，她是一个老师，公职人员，如果挨处理，那脸可就丢大了。大家都是胆小的人，一说到要挨处理，都怕了。算我们运气好，没有一个下线来跟我们闹。后来我问顾静这是怎么回事，顾静说，有些款都没有催下线要，出钱消灾，以后好好过日子。

第二件事就是，去法院申请王大川死亡。

《中华人民共和国民法通则》第二十三条 公民有下列情形之一的，利害关系人可以向人民法院申请宣告他死亡：

（一）下落不明满四年的；

（二）因意外事故下落不明，从事故发生之日起满二年的。战争期间下落不明的，下落不明的时间从战争结束之日起计算。

……

我差点就读出声来，王大川已经超过八年没有回家，申请两次死亡都不冤枉他。但是想到他在越南活得好好的，我又有点不大忍心。倒是顾静很坚决，几年前准备好的材料原封不动就送到法院。很快，法院就发出寻找王大川的公告。要宣告一个人死亡，法律规定的时间是一年。也就是说，一年后，我和顾静才能登记结婚。

没想到公告刚刚发布三个月，王大川就出现了。这个消失了八年的男人，大概听到了什么风声，又露头了。

在张丁和他爸爸还有弟弟被赶出家门的前几天，王大川在边境给顾静打电话。

大白天，我正在和顾静做爱，她的电话催命般地响，一直响一直响，我们只好停下来。顾静拿过手机接听，几秒钟后脸色大变。啪，手机被她扔到一边。

王八蛋回来了。

我转不过弯来，谁的电话？我问。

王大川。

一口气就堵在我胸口。

《民法通则》第二十四条规定：被宣告死亡的人重新出现或者确知他没有死亡，经本人或者利害关系人申请，人民法院应撤销对他的死亡宣告。随着死亡宣告的撤销，被宣告死亡的人应恢复原有的人身权利和其有权利义务。

《民法通则》第二十五条规定：被撤销死亡宣告的人有权请求返还财产。依照《继承法》取得他的财产的公民或者组织，应当返还原物；原物不存在的，给予适当补偿。

在婚姻家庭关系上，如被宣告死亡人的配偶尚未与别人再婚，他们的婚姻关系应当恢复；如原配偶已与他人结婚，则保护后一个婚姻。如被宣告死亡人的子女被他人依法收养，其收养关系能否解除，可协商解决。

……

因为要到法院申请王大川死亡，《民法通则》的这些内容我烂熟于心。现在还是公告期，如果法院知道王大川还活着，那顾静的申请肯定被驳回。

我第一次见一个女人这么哭，怎么形容呢？惨叫！哭声高得吓人，哭声长得吓人，完全地失去控制，足足一分钟，后来她把头埋在枕头上，声音虽被罩住，但是是另外的一种惨，那个枕头，像是一具她亲爱的人的尸体。她伏在上面痛哭。枕头发出嗡嗡的声音。

我没有去劝她，让她哭吧，我自己也难受极了。电话又响起来了，我走过去，拾起电话，摁了接听键，一个沙哑的男声，顾静，我是大川，你是顾静吗？顾静，你说说话，你说说话顾静……

你去死吧！

顾静从我手中抢过电话，对着电话吼了一声，摁了关机键。

王大川归来，对我来说，是一个打击，我跟顾静在一起的时候，除了那一天顾静跟我谈起她跟他的婚姻时，我脑子里短暂地存下这个男人和顾静的故事，但是很快，我就把他给忘了。老实说，此刻我很希望这是个梦境，梦醒之后，日子仍然跟昨天一样。说狠点吧，我希望这是假的，希望王大川死掉！

但这是真的。之前我和顾静亲密无间，虽然顾静以前告诉我王大川还活着，我们都当他不存在，现在不一样，现在我和顾静之间突然就多了个王大川。现在根本不能绕过王大川这个混蛋来继续过我们的日子。

后来，我们都收拾好各自的情绪，沉默了好久，顾静说，我真的不愿意见到他，真的不愿意。

她又恢复成我熟悉的那个人。

我去见见他吧，看看到底发生了什么。这个时候我不知道哪里来的勇气，想一个人去挡这件事。

我得为顾静做点什么。

李晓，我也不知道该怎么办，你去吧，看看他想干什么。顾静说。顾静把手机递给我，我开机，找到刚才那个电话号码，然后存在自己的手机上，马上发了一条短信：我是顾静的朋友，请你跟我联系。

两天之后王大川才给我打电话。还是那副嗓音，你好，老弟。

他叫我老弟。

我当然不能叫他哥哥。

我说王大川你好，有什么事你跟我说，不要再给顾静打电话，她根本就不想见你。

几秒钟后，他说，电话里说不清楚，得见面才好说。

我说见面就见面。

他说我不方便去依城，你来兴城好不好？

兴城是个边境城市，离依城两百多公里。我说可以。

十天后，我一个人开车前往兴城，他约我见面的地方还不是在城里，是在边境的一个小村，这家伙，估计是偷渡过来的。我倒要看看他到底是这么回事。

中午的时候，我来到见面的地方，离边境线不远的小村，一个小卖部，小卖部前面搭了个凉棚，下面摆了小桌子、小椅子，供往来的人休息。

我买了瓶水，在凉棚下休息。一瓶水刚喝完，他就来了。一个拄着拐杖的男人，他的左腿没了。左边剩下的裤管在膝盖处打了个死结。

老弟，他依然这样叫我。小卖部前就我们两个人。

你是王大川？

他点点头。他很黑，像个种田人，胡子拉碴，头发蓬乱，跟顾静向我描绘的那场盛大的婚礼上的新郎一点都对不上号。

没想到他是这样的一副形象。

他大概看出我关注他的残腿，说，地雷炸的。

我心头一紧。

不要紧，命还在。他说。说罢坐下来，拐杖就靠在桌边。

都以为你死了，这么多年。我说。

是死了，老弟，我是死了，对你和顾静来说。

怎么现在又想到回来？我有点讥讽的意味。

他说，你是不是以为我还要回到依城，重新做顾静的丈夫？你放心好了，我没无耻到那个地步。

那你想干什么？

我是为了我女儿，才来求你们的。求你们跟我做个交易。

交易？

对，是交易。他掏出一张照片，上面是一个小女孩，一个漂亮的小女孩，站在椰子林跟前，灿烂地笑着。

是你女儿？

他点点头。

我说，很漂亮。

他点点头，我求你们，把她带走，我不想她跟我在那边受苦。他说。我也是没有其他办法了，才这样做。

一个落魄的男人向我托孤。这是我来之前没有想到的。

他说，那边有一句谚语：有几多风光，就有几多凄惨。老弟，顾静和你都没想到我会变成这样吧。

我轻轻地摇头，一个男人，竟然在另一个国家有新的身份，且出入境记录全部被消掉，当初他的能量也是太大了，而现在，他跟一个乞丐差不多，很难相信以前的他跟现在坐在我面前的这个人是同一个人。一条命运的抛物线啊。

我的岳父是个高官，几年前因为贪腐被清洗，一家人都跟着遭殃，女儿的妈妈受不了打击，精神失常，现在还在精神病院里。我带着女儿到边境，帮人割橡胶，想如果活不下去，还可以往这边跑。我是没有脸回去了，只是可怜我的女儿。

他接下来跟我说他在“那边”的生活，足足讲了半个小时，不管是当初风光还是现在的走投无路，因为顾静的原因，我认为都是一种非常无耻的不值得同情的生活。

最后，他终于说到这桩“交易”，他说，你们能不能帮我照顾她？我永远不回依城。

他不回依城打搅我和顾静，我们帮他照顾他的女儿。

也够无耻的。

你怎么知道顾静去法院申请你死亡？

我并不知道顾静这样做，我是因为再也没有什么办法才想到这样，腿被炸掉了嘛，是个残疾人了嘛。

你真是自作自受啊。我说。你像个男人吗？说失踪就失踪，你这是活该。停了一下，我说，只是可怜这个小姑娘。

他低下头，说，人啊，太多欲望，多到收拾不了。活该，我是活该。他拿过拐杖，用力一撑，站了起来。我走了，如果你们同意，定个日子在这里接孩子，我女儿挺乖的，我说有亲戚在依城，要接她去上学，她天天盼着去呢。还有……他压低声音，我花钱找人给她办了这边的户口，挂在一对在外地打工的夫妻名下，说她是夫妇俩在外地打工超生的，这里太偏僻，没人查这个，现在我女儿也算是中国人了，你们照顾她，就不会太麻烦，不算是黑户。如果不同意，就当我没说。就当我们没见过。就当我没有找你们。

就当我真的死了。

说完，他拄着拐杖走了，我手中，拿着小女孩的照片。

她在冲我笑。

十天后，还是在这个地方，我接走了这个漂亮的小女孩。这个拄着拐杖的男人，哭得像一摊泥，在她女儿跟他招手的那一刻。

阿珍来到我们身边，我首先教她，不要说自己来自哪里，不要说自己的爸爸是谁，不要说自己的妈妈现在在什么地方。我告诉她，她是个漂亮的女孩，这里的人，每一个都喜欢她。她点点头，从此就变成一个不喜欢说话的女孩。

我想，这只是暂时的，因为，她只有五岁。她的头脑，很快就会被新鲜的事物占据。她迟早会重开笑脸。

接回阿珍不久，顾静就去法院，撤回王大川的死亡申请。那天晚上，我们带着阿珍，去依城最高的宝顶餐厅吃西餐，喝红酒，像在庆祝一个人的生日那样。

从此我们三个人，在依城相依为命。

张丁要从我这里搬走了，走之前他跟我聊了很久。我说，房子的事怎么样了？他说，解决了。

那些人搬走了？

不知道。房子我们不要了，管他们霸占到什么时候。

这太出乎我的意料了，做这样的决定确实非同寻常。

张丁说，我们啊，还是得向年轻人学习。

这让我有点摸不着头脑。

张丁说，我们全家讨论怎么赎回房子的事，讨论了很久，小秋在一旁玩手机，突然说，你们干吗那么麻烦，那房子我们不要了，为这个房子发愁，会得癌。小秋说她家郊区三塘有一块地，是他爸爸留给她的宅基地，地基已经建好，我们每个人出点钱，就能盖一座小楼。十个人住都没问题。她怕我们有顾虑，说，以后房产证写爸爸的名字，那样，你们就不怕我生气时把你们赶出去了。

小秋是1986年生的，她的思维，感觉比我们先进了一个世纪。

我说张丁，戏里面的好事情降到你身上了。

张丁说，感觉像做梦一样。

你要对小秋好，不能再打老婆了。

我这是病，我要去广州治疗。李晓，你还记得你曾跟我说用药物来治疗脾气暴躁的事吗？

我说记得，好像有一本书上这么说。

药物就算了，现在有一种新办法。

怎么治疗？

电击！

结局三

张丁、张强及张农民真的到三塘，小秋家的宅基地上建起了新房，几个月后，就搬进去了。事情解决后，阿德和张丹又恢复老本行，去城南卖菜。

法院判所有的抗拆户败诉，远山路的强拆开始了，前面说的那个退休警察——曾经的拆迁工作队队员——后来的抗拆户刘哲，他身穿长长的雨衣，来到拆迁现场，走到自己的徒弟，分局政委李兰青面前，请求拆自己家的房子，李兰青同意了，刘哲扛着一把大铁锤，爬上自己家的小楼，脱掉雨衣，露出扎眼的警服。

这一天，很多人看见一个警察拆房子，他一锤一锤地砸，声音沉闷，好像来自远古……

后记

对我来说，这是一部任性之作。开始我想写的，是五个高利贷催债人在欠债人屋子里住了半个月，这期间发生的故事。主要人物、结构都有了，就等着一个让自己满意的开头了。有一天，我看电视，无聊中换台，戏曲频道。

我不大懂戏曲，平时也很少看这类节目，但是那一天鬼使神差，我竟然看了：一个书生咿咿呀呀，低目垂泪，正在愁肠百结，欲生欲死。一个绝色美女来到身边，百般安抚，满台生香。书生德才皆好无奈时运不济，女子貌美无双且出身富贵人家，这样的故事，结局自然非常美妙。这是古今中外很多男人的白日梦啊。我不得不感慨：传统就是这样善解（男）人意。

有强人，就有弱者。当作为弱者的男人登上舞台，竟也能风情万种惹人怜。

当天，我敲下这样的文字：通常，在戏里，一个再怎么潦倒的男人，最后总是能起死回生——很多时候，总是有女人为他献身，将他拯救，来显示天地间的情和义……

这样的开头，显然不适合用在那五个打手身上。于是，我走神了，我突然对霸占别人房子的那五个打手失去兴趣，我突然非常想写那几个被赶出家门的不幸的人。这一走神让我手足无措，到底写谁，成了那段时间最纠结的事情。后来我不管不顾，沿着电脑里敲下的那些文字，在现实中慢慢寻找。

一切都平淡如水。

我觉得我又回到以前，那些迷恋纪录片的日子——我曾经无数次被那些真实的面容所打动。那些片段式的，并不完整的故事，更接近生活的真。纪录片给我提供的，其实就是未被编辑的生活。什么是“未被编辑的生活”，就是你往人堆里站，那些匆忙的人、闲适的人、愤怒的人、怯懦的人、忧伤的人，冷漠的人，那些……与你无关的人，他们正在经历的幸福、病痛、衰败，让你产生无限的联想。于是，“未被编辑”这四个字，几乎就成了我书写这部小说的基调。小说里的片段，片段里的人物，人物间的情感，吸引着我，一路捕捉，终于完稿。

写完这部作品半年之后，我被派到乡下扶贫，又开始一段“未被编辑的生活”，城市乡村不停地切换，既看到城市抽刀断水，也看到乡村肝肠寸断。

感谢东西兄领衔的八桂学者广西民族大学文学创作岗团队，正是这个团队，催生了这部小说。

感谢这部小说的原发刊《作家》杂志，这份漂亮的杂志总是对我包容有加。

感谢中国文联出版社及蒋泥兄，在出版业如此不景气的时候出版这部小说。

在写作这部小说的近两年的时间里，很多个夜晚，每当写累的时候，总有一个人邀我去喝酒聊天，他就是胡红一兄。在此，我要郑重地说一声：老胡对此作亦有贡献。

2018 年 11 月 7 日于五山乡